行走中的小时光

陈欣尔　著

浙江少年文学新星丛书·第五辑

海飞　主编

四川大学出版社

责任编辑:唐　飞
责任校对:龚娇梅
封面设计:天恒仁文化传播
责任印制:王　炜

图书在版编目（CIP）数据

行走中的小时光 / 陈欣尔著. —成都：四川大学
出版社，2018.10
（浙江少年文学新星丛书. 第五辑）
ISBN 978-7-5690-2459-3

Ⅰ.①行…　Ⅱ.①陈…　Ⅲ.①散文集-中国-当代
Ⅳ.①I267

中国版本图书馆 CIP 数据核字（2018）第 236621 号

书　名	行走中的小时光	
著　者	陈欣尔	
出　版	四川大学出版社	
地　址	成都市一环路南一段24号 (610065)	
发　行	四川大学出版社	
书　号	ISBN 978-7-5690-2459-3	
印　刷	成都市兴雅致印务有限责任公司	
成品尺寸	145 mm×210 mm	
印　张	7	
字　数	135 千字	
版　次	2018 年 11 月第 1 版	
印　次	2018 年 11 月第 1 次印刷	
定　价	35.00 元	

◆读者邮购本书,请与本社发行科联系。
电话:(028)85408408/(028)85401670/
(028)85408023　邮政编码:610065

◆本社图书如有印装质量问题,请
寄回出版社调换。

◆网址:http://press.scu.edu.cn

陈欣尔

2007年4月出生于杭州，现就读于杭州市崇文实验学校，五年级学生，杭州市火炬金奖少年。从小热爱生活，兴趣广泛，全面发展，品学兼优，成绩名列年级前茅。

喜爱阅读写作，曾多次获得浙江省少年文学之星一等奖等省、市、区级各类作文比赛奖项，作品发表于多家文学刊物，是都市快报创意读写社优秀社员；喜爱绘画，中国美术学院美术等级考试速写九级，绘画作品多次在各类绘画大赛中获得金奖，三年级时举办过个人画展，多幅作品在学校常年展出；喜爱钢琴，中国音乐家协会钢琴考级十级优秀，经常去国际养老中心为老人们义务演奏；喜爱魔方，三阶魔方年级领先，并获得学校异形魔方个性吉尼斯证书；喜爱旅游，足迹遍布祖国大江南北和十余个国家。她一路走着，一路写着，一路画着，并一路成长着。

三岁开始行走世界

四岁饱览祖国大好河山

五岁登上长城

六岁第一次出
远门，与爸爸
妈妈自驾加州
一号公路

六岁在旧金山艺术宫边作画

七岁陶醉于奥地利的山水

6

CROMWELL GREEN
→
VISITOR ENTRANCE
100M

八岁在牛津大学著名的苹果树下

八岁与英国议会大厦前的警察叔叔合影

八岁与爸爸在英国乡间研究大树的年轮

九岁用脚丈量火山大地

九岁在夏威夷火山大岛亲吻海豚

九岁在南京夫子庙学习儒家文化

十岁在塔尔寺

十岁在青海湖畔

十岁路遇蒲公英的故乡——青海湖

十岁与爸爸在雪山眺望远方

一次又一次地出发踏上旅途

最爱学校图书馆

与文学之路的梦想导师、语文老师张银香老师

与班主任、数学老师孙旻晗老师

四岁半开始学习钢琴，师从林应龙老师

七岁开始学习绘画

与好友们

恰同学少年

乡野（7岁画）

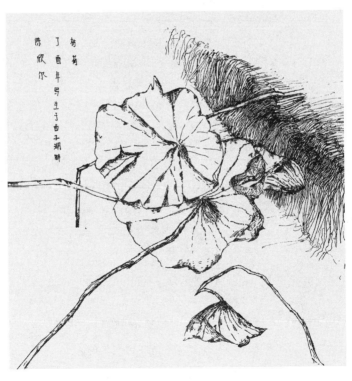

枯荷（10岁画）

"我的中国梦"获中国青少年书画大赛少年组金奖（9岁画）

梦想（7岁画）

桃园深处（7岁画）

水乡（10岁画）

梦幻城堡（7岁画）

　　带你翻过山，越过海，穿过人群，路过风景……带你不辞辛苦漂洋过海走世界，就是想让你知道，这个世界很大很大，所以我们的心也可以很大很大，不必太在意一时的得失。在这个世界上，有很多不同国籍、不同肤色、不同种族的人，过着完全不同的生活。你长大后可以自由选择一种喜欢的方式去生活。希望你不断努力，长大以后才会有更多选择的权利。

爸爸妈妈

序

　　《行走中的小时光》，见到书名我就劝正在说是不是要换一个书名的母亲：这名称很好！适合你女儿的，有趣、诗意。"小时光"本就不错，可惜这几年"小"开头的三字书名多到审美疲劳，所以，"行走中的"刚好让它陌生化一点。对了，书里内容是关于"行走"的……

　　终于，抽出时间在家中露台小坐，读陈欣尔的文字。配以茶和酥，足边一枝月季开得绯红，头顶是蓝色的床单无风如帘般垂着。开始读，会觉得毕竟是个小学高年级孩子的习作，清新自然但难免让人出戏；但突然几篇带我进入了"行走"的世界："行走"的人物、"行走"的故事、"行走"的风景、"行走"的情愫、"行走"的议论。在连续数篇一气呵成地阅读之后，我翻回去细细看书名和目录，又站起来望向窗外——我们是多久没有远行了？放下手头事务主动去领略自然和异地的风情。还有，如陈欣尔般天真自由地说"世界到底大不大，我们要出去看看才知道"，于我曾是何时？

有时候，"宅"是不得已。我们的少年时光，绿皮火车是最快的交通工具；公交车则像一只只巨型面包缓慢地行驶在城市不宽阔的道路上。对于少年的日常来讲，自行车是最佳的时空穿梭器，它载着我们从城市的这头努力迈向那头，或者环绕西湖一周。用脚步丈量大地，才是大多数人的常态，我们把这戏称为"11路"，11是两条腿的意思，杭州人见面问："你怎么过来的？""嘿嘿，11路！"

书在我们童年和青少年时替代了而今的漫天航班与了不起的中国高铁。我通过冰心的《寄小读者》光临过波士顿威尔斯利小镇的女子学院，时间还是1923年，我记住了她自己对那边湖泊的翻译：慰冰湖。我通过徐志摩流连过剑桥，他把它叫作康桥（Cambridge），说"那河畔的金柳，是夕阳中的新娘；波光里的艳影，在我的心头荡漾"。国内的风景呢，沈从文的湘西其实写的是20世纪30年代的，并且融入了他记忆和理想的影子，但实在难忘《边城》的翠翠和那澄澈的风景。梁实秋的"雅舍"也是1938年的，我用它想象重庆的样子，直到2018年4月，我才因为西南大学新诗研究所的邀请刚好住在了北碚，目睹了小小的雅舍的模样……对的，我少年时特别热爱读现代作家的散文、诗歌、小说，由他们的书游历海之内外。之后，更有翻译小说和历史著作引领我去四海五湖、西洋东洋。

固然这种局限，于我，也早已随着交通工具、信息工具和改革开放40年的中国发展，而消失。但我还是想说，从陈欣尔的脚下笔尖，一代新人自童年就已纳入全球化之中，成为中国与世界保持即时交流的代际。也因为如此，他们的记录是重要的、宽阔的、新鲜的——"此刻的我，六岁，正坐在飞往洛杉矶的航班上，这是我第一次出远门"——孩子，你的第一次远门真的好远！（比起上几代人而言是巨大的进步。也许，你后面几代人能比你出更远的门，比如去月球？）要紧的是，你所见的陌生一点点变成了你的熟悉，还在你幼小的时候，就发现加州、伦敦、悉尼、泰国的景、人、情，"那么亲切""那么动人""那么熟悉，一点也不陌生"。你从各个国度的人物和事件中读出人性的亲近、美好之处，你找到了跨越风景迥异的地理下依然相同、相近的真善美，我想，这就是上帝设计地球这个大迷宫时藏下的最大的彩蛋，恭喜用脚步和文字寻找、分享出这份礼物的你。

同样的，你在中国的长白山、西安、兰州、西宁、青海湖、茶卡、祁连、张掖、嘉峪关、敦煌也找到了它们。"行万里路，读万卷书"，诚不欺我。在这些文字中，我感兴趣的，一是你的生命成长感和语言修辞的关系在良好地融合，互为敦促，比如《蒲公英的故乡》。当你和藏族同龄的小女孩一起面对辽阔的蒲公英的原野时，你说"蒲公英的种子……仿佛已经为远行做好了充足的准备。它们随时待命，只要一有风儿的消息，就毫不犹豫地马上出发。不知道它们离开这片土地的时候，是否会有一丝留恋。""面对生命中第一次也是唯一一次重要的独立旅行，每一个小小的身影都是那么毫

不犹豫，每一个柔弱的身影都是那么步履坚定，每一个孤独
的身影都是那么勇敢无畏。我手中剩下的花托显得有些寂寞，
刚才还被孩子们簇拥着，不一会儿就形单影只了。可是她日
夜呵护着它们，不正是期待着它们放飞自我的那一天吗！"无
数母亲和孩子的意象其实在段落里反复闪过，毫不犹豫和形
单影只、簇拥和寂寞、留恋和放飞，人生的常态与生命的哲理，
如这花木般演绎、体验着。"行走"，使意义提前显豁、明悟，
很好、很好。二是在求和谐的过程中，你还不客气地指出了
不和谐。你果断批评了在"行走"中看到的不文明、不美善。
"为什么面对这么美的鸣沙山，却有游客做出这么多不文明
的行为？""可偏偏有许多爱美的阿姨们为了拍出镜面照片，
无视景区无处不在的风险提示走入盐湖……我可不羡慕这种
'美丽'。"人的成长同样是用基本的是非观来印证的，你
有良好的判断，很好、很好。

　　此外，父母予以子女恰当的爱和教育，在这部散文集里
也自然露出。我一直强调中国两代人之间要"为爱找方法"，
在你们的家庭互动中令我十足欣慰高兴。我甚至猜测像"也
听那冷雨"一辑中从一年级到五年级每年留一篇同题的创作，
也是爸爸妈妈的主意，于是孩子能从回忆中看到家人陪伴的
步履，也看到自己文字的长进。像最后那篇学余光中先生同
款的，到临末外公说"还好我的乡愁只隔着一条钱塘江"，
就格外有文学腔调和动人的情怀。

　　当然，这书终究是陈欣尔的一本成长的记录簿，透着学

步的蹒跚。之所以让我感怀，之所以决定认真写个序，是因为我联想到很多普遍的问题及考虑：比如世界与少年、陪伴与放手、兴趣与鼓励。还有，就是值得提倡的"行走中"的"小时光"（小辰光）！是为序。

夏　烈

2018年6月1日

（夏烈，杭州师范大学教授，一级作家，文艺评论家。浙江省少年作家协会副会长。）

内容简介

　　世界到底有多大，对小作者陈欣尔来说一直是个谜，她努力寻找着自己的答案。从六岁那年出门远游开始，旅行成为她探索世界的一种方式。

　　本书分为五个部分，记录了作者在行走中度过的小时光。她在《熟悉的陌生人》里感受到，比那些令人叹为观止的自然风光更吸引她的是，当她行走在路上总会碰到一些"熟悉"的陌生人，让她温暖，让她感动，让她觉得世界并不遥远，也并不陌生；她在《仗剑走天涯》里记录了在祖国安全的怀抱中走南闯北的时候，看到祖国大地日新月异的飞速发展而倍感自豪；她亦在《大洋彼岸的风》中看到了许多人与自然和谐的相处方式，在《也听那冷雨》中挑战大作家，在《我的秘密花园》里讲述着成长的烦恼，感恩无数帮助过她的良师益友。

　　在这些行走中的小时光里，文学是她的旅伴，帮她记录着旅程中的点滴光亮，让她思考着、感动着、幸福着……她一路走着，一路写着，那些行走中的小时光，便无比斑斓与生动起来，最终汇集成了这本作品集《行走中的小时光》。

目录

第一辑　熟悉的陌生人

第二辑　仗剑走天涯

第四辑　也听那冷雨

第五辑　我的秘密花园

第一辑

熟悉的陌生人

行走在那童话般的冰雪世界里，我被温暖久久包围着，慢慢地，慢慢地，找到了答案……雪域的光芒神奇瑰丽，但是长白山人身上散发出来的纯净而清朗的光芒，更加打动人心，强烈地吸引着我。

——《大美长白山》

熟悉的陌生人

　　一片树叶，打着圈儿，飘落在我头顶上，可我一点儿也没察觉到。我正坐在小区花园的长椅上发呆，手捧着大大的地球仪。我刚刚发现了一件天大的事情——美丽的家乡杭州，在地球仪上竟然是一个那么不起眼的小点儿！我抬起头，眯着眼睛，透过星星点点的树叶缝隙望向天空：天哪，原来世界那么大，离我好远好陌生！树上的蝉儿没完没了地唱着"知了歌"，蝉儿喜欢这首歌，是因为它一辈子都只待在了一棵树上。世界到底有多大，我要出去看看才知道。

　　于是从六岁那年的夏天，第一次出远门去看世界开始，旅行成为我探索世界的一种方式。这些年来，我去过许多国家和地区。行走在路上，我总会看到无数令人叹为观止的自然风光。长白山林海雪原的雪域光芒让我感受到"山舞银蛇，原驰蜡象，欲与天公试比高"的豪情万丈；美国大峡谷的夕阳让我领略到"大漠孤烟直，长河落日圆"的雄奇壮阔；夏威夷火山大岛上的漫天星斗让我体会到"醉后不知天在水，满船清梦压星河"的轻灵浪漫。这些美好的自然风光告诉着我世界的广阔无垠，世界的奥妙无穷，世界的不可追寻……

　　然而，比这些自然风光更吸引我的，是当我行走在路上，总会碰到一些"熟悉"的陌生人。美国加州1号公路上那位天使般的老奶奶帮我们守护着丢失的包包；英国国家美术馆前善良的壁画师叔叔邀请我一起帮助流浪汉画画筹款；悉尼环形码头上辛苦的小丑爷爷为我一个人演奏着高超的手风琴音乐；泰国的导游哥哥不会英语，但他用热情淳朴的服务与阳光灿烂的微笑，让我体会到超越语言的真诚交流；英国温德米尔湖区家庭旅馆的主人阿姨让我在离家千里之外，感受到浓浓的家的温暖；老里克湖林海雪原里的向导叔叔热爱着自然，守护着山林，甘守着寂寞与清贫，内心世界却是无比的丰盈与幸福……

正是这些"熟悉"的陌生人，正是这些我亲身经历的人与事，让我温暖，让我感动，让我觉得似曾相识，让我觉得这个世界并不遥远，也并不陌生。"海内存知己，天涯若比邻"。我的脚步越走越快，越走越远，却发现这个世界越来越"小"。在英国希思罗机场，我给素未谋面的非洲贫困地区小朋友捐过钱；在伦敦特拉法加广场上，我帮流浪汉叔叔筹过款；在敦煌鸣沙山的漫天黄沙里，我帮环卫工阿姨捡着游客丢弃的垃圾；在新加坡环球影城前，我帮越南小姐姐解了燃眉之急……

在这些行走中的小时光里，文学是我的旅伴，帮我记录着旅程中的点滴光亮。我思考着，感动着，幸福着……我一路走着，一路写着，那些行走中的小时光，便如此斑斓与生动起来。

光芒

——《窗外》征文稿

　　大雪无声无息地下了一整夜……

　　汽车穿破长白山区凌晨五点钟的寂静，向着老里克湖的方向飞驰，那可是个人迹罕至的神秘地方。我兴奋地用手指在结了冰的车窗上画着画。不知什么时候，雪停了，画的底色越来越亮，一轮淡淡的太阳浅浅地冲我笑了起来。

　　车子上了老里克山，弯弯曲曲的山道上积雪骤增，道路两旁成片的雪松雾凇夹道相迎。白茫茫的天地间，雪气雾气水汽氤氲成一片扑面而来，一个雪国的童话世界跃然眼前。迷蒙的前路上隐约有一个身影在迎着我们，上前一问，正是我们的向导王师傅。他看上去五十多岁，一件有些老旧的迷彩滑雪服搭配着简单的雪地护具，黝黑而瘦削的脸上，深深浅浅的皱纹好似老树皮一样斑驳，挂满冰霜的毛茸帽子下面是他那满是笑意的眼睛："欢迎来到老里克山，你们是今天的第一波客人呀！"跟着他那憨憨萌萌的笑容，我们开始徒步穿越林海雪原，去往高山深处的老里克湖。

　　整个林子都还在厚厚的雪被里酣睡，一点声响都没有。偶尔有大雪压断了树枝，发出清脆的断裂声，撒下成片雾花纷飞在空中。我走进密林，却发现静静的林子里其实好不热闹！沙松、枫桦、榆树、鱼鳞云杉，还有极其珍贵的椴树，正开着化装舞会，厚厚的积雪帮他们装扮了一宿，形态各异的雪挂为他们做着掩护，让人傻傻分不清。还好王师傅是森林里的"百科全书"，这些调皮鬼可没有躲过他的火眼金睛。

走着走着，一片秀美的白桦林出现在眼前。白桦树被称为"森林里的美人"，修长靓丽的身影让我忽然想起古人用桦树皮写信的故事。如果可以剥些桦树皮写封信给好朋友们寄去，那将是件多么酷的事情！我从妈妈包里翻出小刀，抬头却看到王师傅那焦急的眼神。他摸着白桦树的树干，一脸为难地说："我们山上海拔高太冷了，白桦树本来就不多。这一剥皮，树怕是长不好了。等天气暖和了，我寄些给你好吗？"我满脸通红，急忙收起了刀，恨不得马上钻进树洞里躲起来。

走入密林深处，积雪越来越厚，动辄没膝，深处及腰，我像铲雪车般推着雪前进。渐渐地，我的步子越来越沉重，头发上睫毛上都挂满了"雾凇"，脚脖子上和手腕上结满了冰碴，刺得我生疼生疼的。"可不可以回去呀？"我可怜巴巴地看着爸爸妈妈。还没等他们开口，王师傅先说话了："你快看看那是什么？"顺着他手指的方向，雪地上突然出现了一串小小的脚印。

"兔子的脚印！"我兴奋地叫起来。

"哈哈，那可不是兔子的脚印，是紫貂的。今天还是紫貂起得早啊！"他蹲下来，仔细看着那串脚印。那眼神中的慈爱，好像是在赞叹自家勤劳的孩子。

"怎么看出来的？"我好奇地凑过脑袋，挨着他蹲下来。

"兔子和松鼠的脚印都是前面两个爪分开，后面两个爪并在一起，所以看起来是三个脚印。"他认真的样子，简直就像个破案高手，"而这些小脚印是四个爪子前后交替的。"

"松鼠不是要冬眠吗？"我急急地问。

"这里的松鼠有两种。一种我们当地人叫花栗棒子，它们是要冬眠的。还有一种叫灰狗子，那些小家伙可不冬眠，时不时地跑出来找食吃。"

他如数家珍般滔滔不绝地讲着。我忘记了疼痛，只觉得眼前这寂静的被厚厚的积雪覆盖的林子里，仿佛出现了另一幅画面：贪吃的灰狗子们在树林里上蹿下跳，到处找食物吃；爱漂亮的花栗棒子们甜甜地睡着美容觉，要到春天才会出来梳妆打扮；傻兔子们喜欢顺着自己的脚印蹦跳着，一不小心就跳进猎人们的圈套里；而最有意思的是到了夏天挖人参的季节里，人参娃娃们头顶着红红的人参果子，在生机勃勃的丛林中，和山上挖人参的高手们捉着迷藏……

我正出神地"望"着这一派繁荣热闹的林间气象，却被他打断了思绪："到了！"前方奇迹般地出现了一个玉树琼枝编织而成的林间隧道，隧道的尽头是一片耀眼的光芒，那光芒仿佛是一扇通往另一个世界的窗户，魔幻般地吸引着我疾步而去。眼前豁然开朗，蓝天下一个无比开阔的雪湖震撼地出现在高山之巅。阳光撒向雪原，湖面厚厚的积雪闪烁着耀眼的光芒，云朵的影子在雪白的锦缎上游走，素净通透却又流光溢彩。湖岸上一排排笔直挺拔高耸入云的雪松，层层叠叠地布满了积雪的山峦，好似一幅淡淡的水墨画卷。最梦幻的风景都浓缩在这雪国的世界里，好像冰雪女王随时会从哪棵树后冷艳登场。

为什么这么美的景色鲜为人知呢？王师傅却只是笑笑："我们老里克湖不做广告，只有真正爱森林、爱动物、爱雪原的朋友，我们才会带来看。我们世世代代靠山吃山，是要把这青山绿水好好地留给子孙后代的。"我有些疑惑："这儿来的人那么少，你们每天守着这个林子不寂寞吗？""怎么会寂寞？林子里可热闹了！"他又想起了什么，从兜里掏出手机给我看，"来过的朋友都加了好友。我们带他们看这儿的美景，他们带我们看外面的世界。这样就挺好！"他淡淡一笑，目光从手机屏幕里那个纷繁喧闹的外面的世界，望向了眼前这静谧辽阔的茫茫雪域，那恬淡而纯净的眼神，就这样定格在了我的心里。

从长白山区回来后的一天，我意外地收到了老里克湖寄来的一个包裹。轻轻薄薄的一叠白桦树皮摞得整整齐齐的，沉甸甸地躺在我的手心里。我抬头望向窗外，此刻的杭州正值姹紫嫣红的人间四月天，可我的眼前出现的却是在那个梦幻般的冰雪王国里，一双长满老茧的双手，为我抚平一张张桦树皮。他脸上泛起的光芒，比神奇的雪域更加清朗明亮。这片从冰天雪地里传来的温暖久久包围着我，春光般的明媚……

（本文获得第十二届浙江省少年文学之星征文比赛一等奖）

温暖的雪世界

凌晨四点半的时候，我迷迷糊糊地被妈妈叫醒，问我要不要去童话世界徒步。这么好的事情怎么能错过，我以最快的速度出了门。

一夜无声无息的大雪刚停，我推门而出，冷风迅速将我裹挟。这是我来到长白山区的第四天了，对于寒冷，我已经不会像初来乍到的游客那样大呼小叫了。我冷静地闭上眼睛，猛吸了一口气。嗯，零下30℃没错的。

头顶上的天空中星光灿烂，天地间却是一片漆黑寂静。从停车场亮起一片车灯向我们开来，车上下来一位叔叔。他三十多岁的年纪，穿着黑色的羽绒衣，大大的眼睛看上去十分精神，一口地道的东北口音听着也是非常有趣，这便是我们的司机小姜叔叔。他已经等候多时了，接过我们的简单装备，把我们迎上了车。

车子出了度假村，开在堆满积雪的道路上。天地间只有我们这一辆车在黑暗中穿行，偶尔有对面方向的扫雪车如庞然大物般呼啸而过。

"快看！"小姜叔叔指着雪地对我们说。

"钻石？！"我这才注意到前方的雪地里，被车灯照着的地方出现了神奇的闪亮亮一片，钻石般光芒，"那究竟是什么呀？"

"哈哈，那是雪花的晶体在闪烁。"小姜叔叔一边笑着，一边说，"我一年接待的客人中，大概只有一两波客人愿意在凌晨四五点钟出发看美景，也只有这么勤劳的客人才能看到这样的光芒。太阳一出来，这些就看不见了。"

我仔细看着车前无数点小小的光亮，这些夜的精灵在车灯的光影中绚丽地舞动着，但是在破晓时分就倏地钻进雪里不见了。我有些得意，我和爸爸妈妈走南闯北去过好多地方，从小就知道不一般的风景只有勤劳、勇敢、不走寻常路的人才可以看到。

听说我们要去老里克湖徒步穿越林海雪原，小姜叔叔马上竖起大拇指来："那可不是普通游客会去的地方，小朋友，你真是有勇气。"

"可是，你们的装备好像有问题。"他担忧地从反光镜里看着我们的装束，"别担心，等下我帮你们准备。"

车子伴着渐渐出现的朝阳，上了老里克山。两旁的雪松、雾凇夹道欢迎，仿佛闯入了童话般的冰雪世界。车子刚停稳，他就马上下车去了服务中心，不一会儿就搬来了长长的护膝和防风的中长款大棉衣。

"林子里面雪太深太厚了。你们必须做好各种措施，才不会出意外。"他蹲在地上，帮我们把护膝一一绑紧，反复察看着我们的手套、围脖和帽子。看到爸爸戴着一顶薄薄的毛线帽子，他说了一声："你们等我一下。"就急急地向停车场跑去。

过不了多久，他气喘吁吁地拿着一顶厚厚的狗皮帽子跑了回来。他上气不接下气地把帽子交到爸爸手里："如果不嫌弃，就把我的帽子戴上吧。"

爸爸有些不好意思："不用不用，我自己的毛线帽子还挺暖和的。"

他有些着急了，嗓门也大了起来："你们南方人不知道，别看这种狗皮帽子不好看，但是我们当地人戴的都是这种，特别实用。你的毛线帽子一会儿就被雪打湿了，马上就会结冰的。"

"林子里没有下雪呀。"我不解地问。

"虽然没有下雪，可是里面不时会有积雪压断树枝，就有雪花飘下来。林子里的雪很干，有时候风大一些，也会把树枝上的积雪吹落的。"

看着他着急的样子，爸爸连忙笑着把帽子戴在头上。他反复地叮嘱我们："昨晚的雪太大了，有些地方雪深两三米。你们千万不可以乱走，一定紧紧跟着向导走。"

他把我们一直送到入口处，看着他操心的样子，我心里乐着："这位叔叔年纪不大，却和我外公一样唠叨呢！"

可是，走入密林深处，我就发现他的操心和唠叨是多么有必要。林子里的雪真不是一般的厚。我们虽然被他全副武装过，但是长时间在雪地里走，我的头发上睫毛上都挂满了"雾凇"，脚脖子上和手腕上结满了冰碴，刺得我生疼生疼的。最惨的是，我不敢哭，生怕眼泪流出来就变成冰挂。

如果没有遇见他，我们这一路不知道会有多惨，可能根本就完成不了全部的徒步行程。而他仅仅是一位负责开车的司机师傅，今天他做的很多事情，都不是他的本职工作。

从长白山回来后，我总是被好朋友们关心地问着，在东北有没有挨宰。每当我听到这样的问题，我就会回想起在那冰天雪地里感受到的温暖。我想告诉所有人，长白山是一个温暖的雪世界。

又见炊烟起

这是长白山区大年初五的清晨，零下30℃的天地间，只有我们这一辆车在拂晓中穿行。路的两边是银装素裹的沙松，挺拔而优雅地站立着。它们身后那微微泛黄的是杨树的身影，她给素色的冰雪世界带来些许靓丽的色彩。晨曦出来了，一轮淡淡的红日俏皮地挂在杨树的枝头，那微黄立即变成了无比鲜亮的金黄色，灿烂成一片。

凌晨四点半的时候，我就被爸爸妈妈叫起来出发赶路了，到现在还没吃上早饭，肚子早就饿得咕咕直叫。我正瞪大了眼睛找吃的呢。突然，周围的建筑物多了起来，道路开始变宽敞，原来是二道白河镇到了。我一阵欢呼，可是开车的小姜叔叔却摇着头说道："今天是正月初五，小吃店都还没有开张，大家要休息到正月十五才营业呢。"

这句话好像一盆凉水浇到了我的头上。我仔细看着车窗外，果然寂静的小镇上空空荡荡的，几乎所有大小店铺都大门紧闭，路上没有一个行人，仿佛整个世界都在沉睡中。小姜叔叔加大了油门："忍一下啊，小朋友，我开快点，再过两个小时就到老里克山了，那里的游客中心可能会有些吃的。"

两个小时？！我的肚子仿佛叫得更欢了，失望地靠着冰凉的玻璃窗，无助地望向窗外。突然，在不远处的晨曦中，在那一片白色的光影中，我似乎看到了一阵烟，准确地说，是一阵炊烟。那炊烟，在冷风的吹拂下，若有似无，却那么温暖而有力地召唤着饥肠辘辘的我们。

我们忙寻着那炊烟而去，车子一转弯，就开到了小镇的一条主干道上。在那大门紧闭的一排小吃店里，有一家店铺，小小的门面，简简单单的招牌上写着"来一碗粥铺"几个大字，简陋的玻璃门上贴着喜气洋洋的春联，那热气腾腾的炊烟就是从这里飘散出来的！

店门虚掩着，我正想上去敲门，那扇玻璃门"吱扭"一声，从里面打开了，出来一位阿姨，一边用围裙擦着手，一边笑盈盈地说："来了啊？快屋里坐。"我点点头，就不由地跟着她很自然地走进屋里去。那感觉真是奇妙，好像我们认识已久，今天是正月里来串门走亲戚的，而她仿佛早就知道我们要来，已经等候我们多时了。

屋里并不宽敞，前面放着四五张简易的长条桌椅，后面是厨房，用一块玻璃隔着，里面正在忙碌着的一位叔叔笑着冲我们点点头，就一头扎进蒸汽里继续忙活开了。我打量着这位阿姨，她看上去五十多岁的样子，卷卷的头发，微胖的身材，围着花围裙，俨然一个家庭主妇的样子。她麻利地给我们拉开椅子，熟络地招呼我们坐下，也不马上叫我们点单，而是乐呵呵地说："快坐下，先喝碗热豆浆暖一暖，外面可冷了！"

她的笑容，她说话的样子好像我家姑姑一样亲切。她娴

熟地打开边上的大锅，给我们每人打了满满一大碗豆浆。热
腾腾的几口豆浆喝下，我的肚子终于不抗议了。只见墙上挂
着巨大的红底黄字的菜单，菜单上真是应有尽有：豆浆、油条、
粥、水饺、馄饨、馅饼、包子，还有各种炒面、炒饭、炒菜……
哇，真是麻雀虽小，五脏俱全！

"这里好吃的太多了。阿姨，你们只有两个人，怎么忙得
过来？"我望着这么丰富的菜单，都不知道该怎么选了。

"忙得过来！我们半夜两点就起床了，要熬一大锅粥，要
煮豆浆，要和面，要炸油条，还要做包子。如果起晚了，那
就来不及喽。"她笑呵呵地说着，一点都没有抱怨辛苦。

"那你们大过年的不休息吗？"

"我们休息过了，大年初一我们休息了一天，大年初二就
开张了。"她热情地说着，手上仍然不停地忙碌着，"我们
就是专门为你们这样来咱这儿旅游的客人们开着的。要是都
关门了，你们上哪儿吃呢？"

不知道是因为听了她说的话，还是喝下去的豆浆，我觉
得心里暖暖的。不一会儿，丰富的早餐就端上来了，摆了满
满一桌，我狼吞虎咽地吃着，只觉得这是我吃过的味道最棒
的早餐了，让我浑身上下都充满了能量。妈妈让我去买单，
阿姨算一下："20元。""四个人才20元吗？"我很惊讶，
以为她算错了。"对，没错。"她低头干着活，乐呵呵地说着，
"这两天我们不为赚钱，就为了让大家过年来玩的时候有口
热汤喝。"那平常又随和的口气，就好像这些原本就都是他
们分内的事情。

我们带着这份暖意，上了老里克山。从老里克山下来后，经过二道白河镇，正是晚饭时分。又见那熟悉的炊烟升起，我想也不想地朝着它的方向跑去，那里有一份温暖在等我，一份来自冰天雪地里的温暖。

大美长白山

　　我走过祖国的大江南北，也走过许多神奇的异域国度。我总喜欢去陌生的地方走走看看，却很少有地方反复去，长白山是个例外。

　　今年春节前，爸爸妈妈征求我意见去哪里旅行。长白山一下子就跳入了我的脑海，这是两年前的冬天我刚去过的地方。那片冰封的土地为什么这么吸引我？当时我心里并不清楚，我很想找到答案。

　　第二次踏上长白山这个冰雪世界，普通游客去过的路线对我们来说早已失去了魅力。于是，在一个很偶然的机会里，我们听到了"老里克湖"这个神秘的名字。凌晨五点出发，我们成了当天徒步穿越老里克湖的第一批客人。

　　老里克湖的风景给了我们一个超级大的惊喜，山上的积雪量让人叹为观止，林海雪原让我们的穿越充满了奇幻色彩，当历经艰辛到达高山之巅时，老里克湖的景色更是让人震撼。但是最让我的心情久久不能平静的是一个普通的山民——向导王师傅。

　　王师傅是祖祖辈辈靠山吃山的老里克山人，他是森林里的"百科全书"，他是当地挖人参的高手。当他提起森林里的小动物时，会流露出父亲般慈爱的眼神；当他看到我想用刀剥下桦树皮时，会焦急劝阻。更难能可贵的是，他并不是封闭在大山深处的农民。随着现代化通信工具的普及，他在为游客们打开通往绝世美景的窗户的同时，游客们也为他打开了另一扇窗户，让他看到窗外那纷繁喧闹的世界。可是他所代表的当地山民们却没有急功近利，没有过度开发旅游，他们热爱着山林，守护着山林，甘守着清贫与寂寞，但内心世界却是丰富与幸福的，因为他们要把老里克山这片青山绿水守护成世世代代的金山银山。

而他并不是个体。大年初五的清晨，二道白河镇上凌晨两点起床做早点的小吃店老板娘，为我们端出热腾腾豆浆，亲切得好像我们是在正月里走亲戚似的。为我们开车的姜师傅在我们下车去雪原徒步时，蹲下来为我们仔细绑好雪地护具，反复叮嘱安全，尽管这并不是他的本职工作。我们每次去长白山区，总是被当地人的勤劳、善良和质朴所打动。

行走在那童话般的冰雪世界里，我被温暖久久包围着，慢慢地，慢慢地，找到了答案……雪域的光芒神奇瑰丽，但是长白山人身上散发出来的纯净而清朗的光芒，更加打动人心，强烈地吸引着我。

夕阳天使

　　天使长什么样子？你的脑海里是不是会出现这样的画面：头顶美丽光环的小天使，身穿洁白的纱裙，金色的秀发一直垂到脚尖，光着小脚丫，优雅地扇动着淡蓝色的翅膀。可我见到的天使不是这个样子的。

　　六岁那年初夏，爸爸妈妈带我来到美国西海岸城市洛杉矶，这是我第一次出远门。加州一号公路上秀美的海岸线一路把我们带到了阳光小镇——丹麦村Solvang。这是一个隐藏在美国西海岸边的北欧特色小镇，意思是阳光满溢的田园。

　　一进小镇，我就仿佛闯入了安徒生笔下的童话世界。大大的风车转动着红色的叶片，好像把时间倒退回了中世纪的欧洲。一座座尖顶的彩色建筑如同童话里色彩斑斓的城堡，里面的公主们一定正在准备盛装出席晚宴吧！安静的街道上，几乎没有什么行人，是女巫的魔法把他们变走了吗？金色的夕阳把整个小镇都镀上了一层红晕，我就在童话王国里边走边出神地想象着。

　　"哎呀，我的包呢？"妈妈的尖叫把我一下子从童话里拉回到了现实，"护照、钱包、手机都在里面呢！"刚刚出来探索世界没几天，就遇到这样的"惨案"，我好害怕回不了中国，眼泪吧嗒吧嗒地往下滴。"一定是刚才妈妈只顾着拍照片，把包包落在公园的长凳上了。"我停止了哭泣，一阵风一样地向公园飞奔而去。

远远望去，夕阳的余晖中，有一位老奶奶正推着一辆自行车站在风车下的长凳上，焦急地左顾右盼着。她看到满头大汗的我，竟然比我还要激动。她连忙指着凳子上的包包问我："这是你们的吗？"我上气不接下气地点点头。她兴奋地一把拉起我的手，把我搂进怀里："哦，感谢上帝！亲爱的宝贝，我在这里等了好久好久，终于把你们等来了。如果把包丢了，那可真是太可怕了。"

我感激地望着她，只见这位老奶奶大概六十多岁的年纪，一件简简单单的白色 T 恤下，是一条长长的花布格子裙。白色的头发镶着金边，高高的鼻梁上是一双深邃的蓝眼睛，白皙的皮肤上布满了深深浅浅的皱纹，可是这丝毫不影响她美丽的容颜。夕阳下，她披着金色的霞光长时间地守护着我们的包包。她双手的温度，就好似我家院子里经常见面的邻居奶奶那双温暖的大手，那么亲切，那么熟悉，一点也不陌生。

这个世界上真有天使吗？如果有，我想大概就是这个样子的。

最美的"流浪汉"

　　从白金汉宫沿着皇家大道一路向前，就到了热闹非凡的特拉法加广场，大名鼎鼎的伦敦国家美术馆，就坐落在广场的正北方向。我这个痴迷的绘画爱好者，怎能错过这场艺术的盛宴！太阳才刚刚升起，时间还早，辉煌高大的国家美术馆前却早已排起了长龙。

　　我在队伍中兴奋地挪动着脚步，时不时地环顾着广场上来来往往的游人。突然我的目光在一位流浪汉叔叔身上停住了。这位叔叔大概三十多岁的样子，瘦削的身材套着一件宽宽大大的黑色 T 恤，衣服上布满了各色颜料，好像一块大大的调色板，一头亚麻色的卷发凌乱地堆在脑袋上，鸟巢似的发型下是一张帅气的脸庞，一双深邃的眼睛正投入地盯着眼前的画作。

　　只见他既不在画纸上作画，也不在墙壁上涂鸦，而是在地上专心地画着粉笔画！他前面的空地上，已经有好几幅画作了。正中间最大的那幅是他正在创作的作品，上面画着一位躺在蓝色地毯上的红裙男子，充满渴望地看着左上角的一盏油灯。这幅画的周边是许多幅色彩绚丽的小小画作，还有一些零零星星的硬币散落在边上。偶尔有行人经过，放下硬币。他听到声响，马上抬起头来，连声道着谢谢。

不知不觉中，我被这些作品吸引过来，离开了国家美术馆前的队伍。我从口袋里摸出准备买可乐的一英镑，悄悄地放在地上，站在旁边陶醉地看着这些画。不知过了多久，他注意到了我，转过身来冲我微笑："你喜欢画画吗？"我使劲点点头。"那么一起来吧！"他热情地发出邀请。我兴奋地接过了他递过来的一支粉笔。

他像孙悟空一样用粉笔圈了一块地给我："在这个范围内，你想画什么都可以。"他指着边上的那些小小画作给我看："这是美国小朋友画的，那是日本小朋友画的……只要不下雨，你的画可以一直展出到永远。"他俏皮地眨眨眼睛。

我的画笔马上忙碌开来，画了一朵美丽的七色花。他时而自己画着，时而凑过来和我讨论着怎么用笔，怎么构图，时而邀请我过去欣赏他那幅宏大的作品。爸爸妈妈不知什么时候也离开了队伍，静静地站在后面看着我们画画。他热情地向妈妈介绍自己，他的祖父是英格兰人，祖母是印度人，他的父亲出生在印度，回英国后娶了爱尔兰籍的妻子生下他，所以他是爱尔兰、英格兰与印度后裔。他喜欢画画，喜欢世界各地的文化，他用画作在这里接触到世界各地的画画爱好者。

我投入地画了好久，一抬头就发现，不知什么时候我的面前多了几个亮闪闪的硬币。我兴奋地捧起硬币送给他："我帮您赚了点钱！"

"哈哈，谢谢你，小画家，你画得真是太棒了！不比那里面的画差哦！"他指指对面恢宏的国家美术馆，"因为你和我一起帮助了那些无家可归的人。"

我有些不解地望着他。他笑着告诉我："我并不是流浪汉，我是一个职业壁画师。有空的日子里，就会来广场上画画，然后把赚到的钱全部分给那些流浪汉。我替他们谢谢你！"

我对眼前这位艺术家肃然起敬，原来他用他的画笔无私地帮助着穷困的人。我刚才的感觉没有错，在他咧嘴一笑的那一瞬间，我觉得这个卷发的外国叔叔，就好像是我从小到大最喜欢的孙悟空变的，他本领高强，热心助人，那份侠义心肠是那么动人，那么熟悉，一点也不陌生。

时光飞逝而过，我站起身的那一刻，已经来不及进国家美术馆参观了，我们要赶去下一个预约好的行程。我错过了期盼了好几个月的参观，遗憾极了。我有些沮丧，难过得眼泪不住地往下掉。妈妈摸着我的头，笑着说："你今天不是已经看到了人世间最美的画卷了吗？"我一想，破涕而笑。

在那彼得兔的故乡

我有一个朝夕相伴的小伙伴，他叫彼得，他来自英国湖区的温德米尔小镇，那是一个世外桃源一般的地方。

我们从伦敦出发，沿着秀美的英国乡村小道一路向北，两天后来到了英格兰地区西北部的坎布里亚郡，这里有着闻名世界的美丽湖区。眼前的湖光山色与我家乡杭州西湖的景色截然不同。连绵的群山、如茵的牧场、成群的牛羊、静谧的湖泊、石头垒起的篱笆墙和蜂蜜色的农舍，将壮美与秀丽编织进了恬静的田园画卷，真是太迷人了。

我们预定的B&B家庭旅馆就坐落在湖区中心温德米尔小镇的边上。我们在暮色中到达这座掩映在半山腰的苍翠林木间的乡间别墅。汽车刚在院子里停稳，女主人就笑眯眯地在门口迎接着我们。这是一位金发碧眼的漂亮阿姨，大概五十多岁，穿着居家的米色开衫毛衣，一条卡其色的裤子，简朴大方。夕阳把她瘦瘦的身影拉得老长老长的。说来也怪，在美国我们总是遇见许多胖胖身材的人，但是在英国，我几乎连一个胖子都没有见到过。"这大概和他们的'黑暗料理'有关吧！"一路深受英国美食折磨的我一边遐想着，一边提着行李跟爸爸妈妈向旅舍走去。

　　"噢，亲爱的，你们总算到了，真怕你们找不到家。我们湖区经常没有手机信号，我整天都在担心客人们会迷路！"阿姨伸手去接爸爸手里的大行李箱，爸爸哪里好意思，连忙摆手躲闪在一边。她于是又"看上了"我手里的小行李箱："宝贝，请给我吧！"妈妈忙挡在我前面说："她自己能拿。"她连忙解释着："你们的房间在三楼呢，我们家里没有电梯，小宝贝拖着行李箱走楼梯，会摔倒的！"她不由分说地拎起我的行李箱，就往楼上走，边走边故意装作粗粗的声音对我说："你别看我瘦，我强壮着呢！"她拖着行李箱，一步一步慢慢走在楼梯上的身影，像极了家里无比宠溺我的外婆。

　　走进顶楼的房间，我就被窗外无边的风景震撼了。小小的窗户正好对着群山环绕的温德米尔湖。房间不大，却整洁干净。女主人热情地介绍开了："我们家姓肯尼迪，你们叫我Sheena就可以了。我的丈夫以前是个飞行军官，他去世后，儿女们也都长大离开了，房间空着，我就开了这个旅馆。这里一切都很简单，像在自己家里一样就好了。"她拿出一把古老的钥匙，挂着一块精致的木片，上面用漂亮的字体手工写着房号："你们出去的时候，把钥匙挂在一楼大门口的一排钩子上就可以了，不用随身带，我们这里从不丢东西。"

　　她仔细地介绍着房间里各种设施的用法，连一点小细节都不放过。最后，她搂着我说："宝贝，房间有些小，真是不好意思。这里原是我女儿的房间，你们下次再来的时候，我把另一个房间给你们，那个房间会大一点。"我望着这温馨雅致的摆设，就好像看到了一个英国小姐姐在这里慢慢长大的那些岁月。

每天早上起床，Sheena都会在她家漂亮的餐厅里等着我们。餐厅有两面墙是落地玻璃，外面就是如诗如画的湖区美景，坐在这里，就好像是在画里吃着早餐。她用精致漂亮的餐具盛放着亲手做的果酱、热气腾腾的红茶和刚刚出炉的面包。妈妈反复叮嘱着我小心使用着这些精美的陶瓷用品，感叹地说："英国人的生活真是精致，最普通的家庭，也将日子过成了诗。"

Sheena又递过来一本精美的本子，上面用漂亮的花体字写着三款套餐。每款套餐都详细地写着每一道餐点的名称及其配料，一点不比我们住过的星级酒店简略。望着这满满的心意，妈妈感动地边夸赞边道谢。Sheena冲我们笑着说："希望你们从此改变对英国'黑暗料理'的看法，哈哈哈。"

每天晚上回来，Sheena总会问我们一天是否顺利。如果我们开心地玩了一天，她会心满意足地笑着；如果我们开错了路，找错了地方，她会自责自己没有做好地主之谊。后面两天，她都会提前一天问我们的打算，然后第二天出门的时候，就会有一个详细的手工地图放在我的手心里。

分别的日子到了，这里与我以前住过的所有酒店都不相同，这里就好像是我们的另一个家，一个在英国的家，一个并不陌生的家。我真是舍不得离开，Sheena看到我很难过，走过来搂着我说："宝贝，你已经去过彼得兔博物馆了！你想念这里的时候，就和彼得兔玩吧。记住，它的故乡在美丽的温德米尔湖区。"

啊，Sam先生

　　炙热的阳光烧烤着皮肤，微凉的海风也难以吹走烦闷，我在苏梅岛的街头焦急地等待着。相对于那绝美的蔚蓝色海岸线，泰国的街道即景实在是让人有些无奈。狭小的街道边，裸露缠绕着无数蜘蛛网般的电线，堵车的队伍仿佛一直排到了天际，突突突的摩托车在汽车与行人的缝隙间鲁莽地冲撞着，扬起一片片尘土。仿佛经过了一个世纪，我才在这飞扬的尘土中，等来了我们的地接导游——Sam先生。

　　初见Sam先生，他正从那辆半新的商务车上，急急地走下来。他中等身材，个子不高，黑黑的皮肤，卷卷的头发，斯斯文文的样子，笑起来特别腼腆，露出一排洁白的牙齿。跟着他一起下车的是他美丽的妻子，她没有英文名字，泰文名字的发音叫"啊"，于是我们一路只好叫她"啊"。"啊"看上去和Sam先生年纪差不多大，精致的五官十分立体，身材曼妙苗条，她穿着红色的紧身连衣裙，像极了我家里的芭比娃娃。

　　他们双手合十问过好后，就一直连声说着抱歉，仿佛这场"世纪大堵车"是他们俩一手造成的。妈妈忙说没关系，我们杭州的交通也很堵，他们好像心里才好受了一些。我好奇地去和他们俩攀谈，却发现他们不仅不懂中文，连英文也糟糕得很。不过，以我多年行走江湖的经验，这没什么大不了的。没有什么是手舞足蹈的肢体语言，外加一个灿烂的微笑搞不定的事情。我有些腼腆地咧嘴冲他们笑着，他们也回应我一个比我更腼腆的笑容。没有过多语言的交流，我们就这样在彼此的笑容中，开始了愉快的苏梅岛之旅。

Sam介绍"啊"的时候，用很不流利的英语低调地说："我妻子在家里没事干，就跟着来了。"可是，随着行程的展开，我发现"啊"并不是单纯来玩的，她可能干了。当Sam去停车或者忙碌的时候，美丽的"啊"，就接替他当我们的导游。去景点游玩，他总是把车停在离大门最近的地方，让我们尽量少走点路。"啊"会帮我们去买门票，买水，然后送我们进去。从景点出来，"啊"总是早早地站在门口等着我们，远远看到我们，马上打电话给Sam，通知他开车过来，一点都没有浪费时间。

有一次，我们玩得实在太开心了，比约定的时间晚了半小时出来，我们向Sam连声道歉。可Sam一点不生气，微笑着说："我因此多休息了半小时，要谢谢你们呢。"他那善意的笑容，真是让人觉得温暖又舒服。

一路上，他和"啊"从不向我们推销东西，但当我们向他们咨询的时候，他们会给我们提好多的建议。他带我们去的那家海边餐厅，是我在整个泰国的行程中吃过的最棒的餐厅，海鲜味道鲜美，价格也合理公道。

吃饭的时候，我们邀请Sam先生和"啊"一起吃，他们反复说我们付的费用里面已经包含餐费了。在爸爸妈妈热情的邀请下，他们推辞不过，很拘束地坐在桌子一角。点餐的时候，他和"啊"拼命比画着自己苗条的身材，坚持说两个人只吃一份主食就够了。妈妈把大龙虾和螃蟹都放到他们的餐盘里，他们吃完后，说有事先走一步。等我们吃完饭，走出餐厅时，昏黄的路灯下，他们拎着一大袋饮料在门口等着我们："谢谢你们丰盛的晚餐，这是我们的一点心意。"妈妈很感慨地对我说，我们在各地旅游时，时常提防着导游们的各种套路，很难敞开心扉去交朋友，而这么淳朴的导游，真的是太难见到了。

　　这就是Sam先生和"啊"，他们是我见过的最好的导游。虽然他们的英文不好，中文也不好，但是这丝毫不影响我们的交流，因为我们都从彼此的笑容中找到了真诚和善良。

悉尼港的动人音乐

温润的海风，吹拂在悉尼港的上空。不远处的悉尼歌剧院如同一朵绽放的莲花，盛开在夕阳里；对面的海港大桥如巨人般横跨两岸，诉说着现代与经典；来来往往的巨型游轮在环形码头里进进出出，世界各地的游人在这里交织着匆匆的旅程。有谁会注意到在五号码头边上，有一个小丑正卖力地表演着呢？

只有我注意到了。是他那动听的手风琴声，随着海风，飘散到我的耳朵里来。我正在环形码头边散着步，我的目光在匆匆的人流中寻找着这动人的琴声。最终，穿过层层人群，我找到了他——一位小丑爷爷。

太阳还没有完全落下，暑气尚未消退，三十几摄氏度的高温天，他穿着厚厚的小丑服，头戴一顶滑稽的小丑帽，脸上的小丑妆已经被汗水弄花，和密密的皱纹混杂在一起，倒是有了一种心酸的喜感。他的背有点驼，动作虽然熟练，却并不干练利落，胸前环抱着一台已失去光泽的暗红色手风琴，但这些并不影响他卖力地表演着。

可是码头上的人们步履匆匆，没有人驻足观看。只有我循着音乐，向他慢慢走去。他看到了我，暗淡的眼睛突然有了些光泽，两只粗粗的眉毛上下飞舞着，浓浓的彩妆把他的嘴角都快画到了耳边，他露出一个夸张的笑容，想逗我笑。面对一个小丑职业的笑容，我礼貌地笑着。

他并不气馁，从身后变出一只气球来晃了晃。一转身，又变出一个打气筒。他边蹦跳着，边飞快地打着气，不一会儿，一只小狗便出现在我的面前。这种气球表演，我可是看多了，我礼貌地接过气球，道了声谢。他看着我，我盯着他的手风琴看。他明白过来，我感兴趣的是他演奏的音乐。他的眼睛开始放光，高兴地演奏起来。

这是我听过的最好的手风琴表演，也是为我一个人的表演，周围喧闹的一切仿佛都静止了，只剩下我和他。热烈的《土耳其进行曲》、激昂的《西班牙斗牛舞曲》、悠扬的《贝加尔湖》……他一首接一首地演奏着，我陶醉地听着。在这样一个音乐的瞬间，他并不是夸张表演着的小丑，而是一个沉醉在音乐世界里的艺术家。

过了好久，他有些疲倦地停下来，小心地擦擦额头的汗珠。我才回过神来，用力地鼓起掌来。他脱下了小丑帽子，对我这个唯一的观众，深深地鞠了一躬，然后抬起头来，与我会心一笑。

这一笑，和我与钢琴老师四手联弹结束后的相视一笑那么相似，那么熟悉，一点也不陌生。

第二辑

仗剑走天涯

在无边的风景中……走
走停停，看看想想。这一路，
山一程，水一程，我感受着
千年之前东西方文明交汇时，
丝路枢纽上的繁华与兴旺，
如今都湮没在漫漫黄沙之中，
无限感慨。

——《丝路漫漫》

仗剑走天涯

——《红旗飘飘伴我成长》征文稿

　　夕阳载着我们飞驰在古老的铁路线上，道路两旁的农田与村舍从容地在光影中交织着美丽，桉树高大的身影被斜阳拉得老长老长的。可是面对这么美的景色，我和爸爸妈妈却无心欣赏。我们刚刚结束了悉尼蓝山国家公园的游玩，心急火燎地坐火车往悉尼市区赶。我不停地问着妈妈："什么时候才能到呀，会不会错过晚上悉尼歌剧院的演出？"爸爸皱着眉头，不时地看着手表。面对50公里的时速，我们无奈地相视一笑，心里默默感叹着：这要是在中国……

　　这要是在中国，神州大地上那一条条安全、准点、舒适的高铁线路，让我在300多公里的时速中，觉得天涯海角也仿佛近在咫尺。我从小就特别喜欢乘坐高铁旅行，高铁伴我穿梭于一幅幅美丽的中国画卷之中。海南环岛高铁，让我总在不经意之间，与大海来一场美丽的邂逅；哈大高铁，让我仿佛坐着极地快车穿梭在"山舞银蛇，原驰蜡象"的冰雪世界里；兰新高铁，更是让我在列车上饱览着雪山、草场、大漠、丹霞和花海，感受着神秘西域的丝路漫漫。车轮滚滚，滚动出我多姿多彩的假期生活，把我的童年送到了祖国的大江南北，让我领略到华夏文明的璀璨历史。

我跟着爸爸妈妈走过许多国家，这样的感叹时常会出现在我的旅程中。我曾在伦敦街头手捧着一大堆重重的硬币发呆，望着硬币上那一个个陌生的图案感慨万千：这要是在中国，我们出门只带手机就好了；妈妈的朋友来悉尼机场接机，一路上抱怨着在悉尼申请安装一条宽带网络要15个工作日，我在后座偷偷乐着，这要是在中国，还不是24小时之内就能解决的事儿。勤劳智慧的中国人正以惊人的中国速度，让全世界的人们刮目相看，让我走到哪里都倍感自豪！

我在这样的感叹中渐渐明白，这些年当我在祖国安全的怀抱中走南闯北的时候，我在旅行中探索着未知，经历着成长，也强烈地感受着祖国大地的飞速发展；当我手持中国护照，仗剑走天涯的时候，我的背后有一个无比强大的祖国，我知道无论我在外面遇到什么困难，祖国妈妈都会第一时间向我伸出援手，接我回家；当我凭海临风，伸出双臂去拥抱世界的时候，我心中飘扬的是那面迎风招展的五星红旗！

日新月异的中华大地，让我行走着，骄傲着，自豪着……

丝路漫漫

——丝绸之路系列文章引言

（五年级）

　　我追寻着玄奘的足迹，从盛唐时期的长安出发，经过兰州、西宁、青海湖、茶卡、祁连、张掖、嘉峪关，终于到达了"随手捧起一把沙，就是一段历史，随手翻开一卷书，就是一段往事"的敦煌。短暂的十日，几千公里的行程，祖国的大西北，用大漠、戈壁、高原、湖泊、草场、花海、石窟、丹霞、寺庙、经幡拥抱着我！

　　行走在无边的风景中，一首首或是豪迈或是苍凉的边塞诗会浮现在脑海，一段段或是神秘或是悲壮的西域历史让人不住地遐想，一幅幅或是壮美或是荒芜的西部画卷展现在眼前。走走停停，看看想想。这一路，山一程，水一程，我感受着千年之前东西方文明交汇时，丝路枢纽上的繁华与兴旺，如今都湮没在漫漫黄沙之中，无限感慨。

　　这既是一瞬间，也是一千年。

诗意长安城

（五年级）

我的丝路之行，选择从十三朝古都西安开始。因为我最喜欢的《西游记》中，玄奘就是从这里开始了漫长的西去取经之路。

我在八月的微雨中，走进这座举世闻名的文化名城。这里曾经有一个非常诗意的名字叫作"长安"。比起西安，我更喜欢"长安"这个名字，因为它时常让我想起许多有名的诗句。

行走在长安的大街小巷中，时而古朴，时而现代的街道，让我想起唐代卢照邻笔下的"长安大道连狭斜，青牛白马七香车"，那时的长安城里，该是怎样的一番盛世繁华；街边转角的小公园里，开着许多不知名的小花，我想象着如果是草长莺飞的二月天来到这里，那一定更能体会唐代孟郊在金榜题名后的"春风得意马蹄疾，一日看尽长安花"；大雨中登上著名的大雁塔顶，窗外的长安城在烟雨中暮色沉沉，雾气锁城，不禁想起李白所写的"总为浮云能蔽日，长安不见使人愁"。

入夜时分，西安失去了白天的热闹繁华，却多了一丝清凉幽静。寂静的马路旁，点亮了一长排的路灯，高耸的大厦上，残留着星星点点尚未熄灭的灯光，稀稀落落。坐于西安城，可听蝉鸣声声，可赏清风阵阵，可闻草木芳香。当鸟儿不再啼叫，汽车不再鸣笛，雨停了，风静了，城市就静静地入梦了。

伴着城市的梦乡，我在路灯下感受着西安的魅力。这里汇聚了黄土高坡的豪迈和关中平原的辽阔；这里交融着秦代的军马嘶鸣和盛唐的强盛辉煌；这里珍藏了十三个王朝的兴衰历史和弥足珍贵的文物古迹。这是一个让人难以忘怀的城市。

长相思，在诗意的长安城。

大雨中的兵马俑

（五年级）

滂沱大雨中的兵马俑，平添了几分历史的沧桑感。

西安秦始皇兵马俑博物馆坐落在西安近郊的临潼县境内。去之前，我听许多人说去看兵马俑不难，但是要见到真正的兵马俑非常难，因为沿路会有许多"热心人"给你带路，等你回来后才发现去的是一个真假难辨的农家版兵马俑博物馆。所以，我从网上下载了许多兵马俑博物馆的照片，做足了攻略才惴惴不安地出发了。

幸运的是给我们开车的司机叔叔，是一位淳朴的临潼本地人。他轻车熟路地把我们带到了真正的兵马俑博物馆。大空下着瓢泼大雨，当风雨中气势宏伟的"秦始皇兵马俑博物馆"这几个大字出现在我眼前时，历史的沧桑感一下子涌上了心头。

虽然风大雨急，但是博物馆前排着长长的队伍。大雨可阻挡不了慕名而来的中外游客。我随着人流，有序地走入一号展厅。一步入展厅，我立即被这里磅礴的气势所震慑，金戈铁马的宏大场面壮观地出现在我眼前。只见观景台下方是一条条深深的坑道和高高隆起的隔墙，坑道里是排列得整整齐齐的兵马俑方阵。无数的战车、战马和兵士们，军姿飒爽地站立其间，仿佛正整装待发。

我随着人流往两边走去，在更靠近坑道的地方，仔细观察着这些兵俑。只见所有兵俑都身材高大挺拔，表情意气风发。但是，每一个兵俑的五官、表情、服饰都各不相同，有的表情威严，有的面目慈祥，有的俊朗潇洒，果然是传说中的"千人千面"。

绕到展厅的后面，我突然发现林立的兵马俑中出现了几个正在活动的身影，走进一看，原来是这里的工作人员，他们穿着朴素的工作服，在坑道里忙碌着。无数的游客拿起照相机对准他们"咔嚓咔嚓"地拍着照片，仿佛他们就是坑道里活动着的兵马俑似的。但他们神情泰然，表情镇定地埋头工作，丝毫没有被展厅内涌动的人流所影响，仿佛已经和这些兵马俑浑然一体。你也丝毫不会觉得他们在那里工作是一件突兀的事情。我突然想起《我在故宫修文物》这部纪录片，那里面的专家工作时心怀敬畏、认真投入的表情，与他们如出一辙。我想这就是所谓的"工匠精神"吧。

走出宏伟的一号展厅，来到二号展厅和三号展厅。这里的兵马俑阵仗就简陋了许多。倒是秦始皇陵博物馆更显精致，许多兵马俑被展示在了玻璃展台中，在灯光的照射下，精彩绝伦。跪射俑头挽发髻、武士俑铠甲加身、将军俑体魄魁伟，而镇馆之宝——铜车马更是精致，驷马齐驱，气势威武。

我如此近距离地和兵马俑们对视着，仿佛这是一场跨越千年的交流，一个现代小姑娘和古代军士之间的交流，在滂沱大雨中跟随他们走入一段曾经深埋在黄土之中的千年历史，这种穿越感真是震撼人心。

青海湖边的天堂牧场

（五年级）

　　我们从西宁出发，沿着笔直的公路一路西行，两个小时后就到达了青海湖——我向往已久的世外桃源。人名鼎鼎的青海湖，是中国最大的内陆高原湖泊，也是中国最大的咸水湖。我在网上看了一眼她的模样就已经爱上了这里。爸爸说，我们要在这里骑行一段路，更让我对青海湖充满了期待。

　　天气出奇的晴朗，高原的太阳似乎离我那么近，好像伸手就可以碰到，阳光浓艳得让我睁不开眼睛。突然一大片油菜花田映入了眼帘。妈妈说，有油菜花的季节，就能看到青海湖最美的模样。果然，大片蔚蓝色的湖面在油菜花的映衬下，闪亮登场了。视觉被强烈地刺激着，金灿灿的油菜花，掩映着深蓝色的湖水，白云在湖上悠闲地踱着步子，构成了一幅绝美的画面，在阳光下闪闪发光。那黄色，是如此夺目，仿佛渲染着世间最旺盛的生命力；那蓝色，是如此纯粹，如同拥有了最广阔的胸怀；那白色，是如此清朗，似乎所有的纯净美好都在她的倒影里。我看呆了，急切地想到湖边去看看。

　　挑了一条农家小路，走到青海湖边，眼前的美景让我们觉得千里迢迢来此是多么值得。湛蓝色的湖面很平静，湖水清澈见底，可以清楚地看到水底的鹅卵石。赤脚走在水中，湖水冰凉让我龇牙咧嘴。偶尔有不知名的水鸟飞快地掠过，宁静的湖面立即生动起来。

我和爸爸妈妈租了自行车，在湖边骑行起来。我原本以为在高原骑行是一件非常艰难的事情，来之前还特地进行了体育锻炼。可是没想到，我们租来的自行车是有助力系统的，轻轻一踩踏板，便马上身轻似燕，健步如飞。

骑行在湖边，看着四周暮色渐起。夕阳染红了天际，整个青海湖都笼罩在一片红晕当中。白发苍苍的藏族老奶奶牵着打扮得分外妖娆的白牦牛，从我身边经过。白牦牛在藏民的心目中是非常吉祥的动物，它们经常会在湖边供游人拍照留影。此刻，忙碌了一天的老奶奶牵着牛儿回家了。老奶奶扎着长长的辫子，披着厚厚的暗红色大披肩，穿着朴素的民族服饰。她年事已高，背弯得低低的，牵着牛儿很慢很慢地走着。漂亮的牦牛全身雪白，只有两个角是乌黑发亮的，它头上扎着金色的缎带，身披色彩鲜艳的华丽布艺，很懂事地在老奶奶后面慢慢地跟着，时不时地停下来吃些草让老奶奶歇歇脚。夕阳把它那长长的白色毛发都镀上了一层金边，它和老奶奶的剪影在暮色中格外动人。

壮观的红霞在天空中弥漫着，霞光下是翻滚的麦浪和金色的草场。这里草场丰美，牛羊成群，膘肥体壮的骏马们悠闲地吃着草，牧羊犬在草地上尽情地撒着欢。放学归来的牧童们，正骑马驱赶着牛羊回家。偶尔路过小池塘，就耐心地等着牛儿羊儿们下水泡个澡。他们有的在马背上奔驰着，有的在草原上追逐着，有的和牧羊犬玩闹嬉戏着。他们一定没有课外班要上，也没有许多家庭作业等着他们去做。我真是羡慕他们啊！远处牧民的毡房里，挨家挨户生起了袅袅炊烟。似乎依稀能听到呼喊的声音，那是辛劳的母亲在喊孩子们回家吃饭。

这里的时间，过得如此缓慢。也许是因为在高原，这里的人也好，牛也好，羊也好，都慢慢地踱着步子，一点都不着急，脸上洋溢着幸福的神情。伴着夕阳，我在金色的牧场里，出神地望着，心情早已经被这霞光溢彩的风景所融化，只想化为湖中的一块鹅卵石、湖面的一只水鸟、牧场的一粒麦穗……当然，我最想变成马背上的一个牧童，吃完牧民妈妈亲手端出的青稞面后，在青海湖温柔的怀抱中，安然入睡。

如果这世上真有天堂，我想大概就是这个样子。

天空的影子

（五年级）

　　凌晨四点钟，我们正在青海湖香甜的怀抱中熟睡，就被司机小王叔叔叫醒了。他说前一天，茶卡盐湖游客爆满，交通瘫痪，所以我们必须早点出发赶路。于是，我二话不说就睡眼惺忪地出了门。凌晨四五点钟出发，是我们在旅行中经常遇到的事情，因为想要避开人流高峰，看到不一样的景色，总是要付出辛苦的，我已经习以为常了。

　　青海湖的凌晨气温很低，星星在天空中眨着眼睛。湖面一片漆黑，什么都看不见，什么都听不见，整个青海湖都还在睡梦中。我们从海西的黑马河乡出发，沿着湖边静静地穿行在夜色中，偶尔会碰到几个像我们一样勤劳的年青旅人，在湖边背着大大的行囊默默地行走着，他们是为了能抢占最佳地点观看壮观的青海湖日出。

　　我们忍痛割爱地放弃了青海湖日出，披星戴月在夜色中翻山越岭。黑马河乡和茶卡盐湖其实距离不太远，但是中间隔着一座高山——橡皮山。橡皮山海拔3800米，听说也是一座很美的山。但是，我们在夜色中翻山，不仅看不到她的真面目，而且有些危险，但是我们的司机小王叔叔可是开车的高手，他常年往返于青海的大环线上，对这里的地形都了如指掌。车子稳稳地穿行，我沉沉地睡去。

一觉醒来，天才蒙蒙亮。我们已经到了目的地。茶卡盐湖位于柴达木盆地乌兰县的茶卡镇上，是天然结晶盐湖，这里的盐产量可供全国人民使用约七十五年呢！我发现像我这样早起的旅行发烧友还真不少，小镇上的游人已经很多了。小火车司机还没有上班，我们只好跟着人流徒步前往盐湖。

一进景区，几处超级大的活灵活现的盐雕作品矗立在眼前，告诉着我们盐湖就在前面。我快步向前，一片刺眼的光亮向我袭来，我赶紧戴上墨镜。只见那湛蓝色的天空中，月亮低低地挂在半空，雪白的湖面掩映在暗红色的群山中间，水面平静成镜子一般，倒映着天空的影子，发出夺目的光芒，美得那么耀眼，难怪这里被称为"天空之镜"。这里的山非常特别，山势不高，连绵成片，在空中层层叠叠地交错起伏着，仿佛是穿着红色衣裙的舞者们在闪亮的舞台上优美地起舞。那红色优雅却不夺目，默默地作为背景，与天色和湖面融为一体，我想这就是大山的胸怀。

我们沿着铁轨往盐湖深处走去，盐湖边上是细腻的白色"沙滩"。我忍不住想往湖里走，却被妈妈拉住。她指指路边对我说："我们要遵守景区的规则。"果然道路两边到处是警示标志，上面写着"请勿走入盐湖"和"小心溶洞坍塌"。我再仔细查看湖面，湖里有一个个小小的黑洞。我小声嘀咕着："这么大的人怎么可能掉进这么小的洞里。"爸爸听了哈哈大笑："别看洞口小小的，但是下面可能是很大的空洞，随时会坍塌。"

可偏偏有许多爱美的阿姨们为了拍出镜面照片，无视景区无处不在的风险提示走入盐湖。她们在寒冷的晓风里，伴着残月穿一身单薄飘逸的红裙，在盐湖里深一脚浅一脚地走出好远，找一片无人的水域，像鸟一样一动不动地栖息上半个世纪，等水波静止，镜面才会出现。她们尽情地摆着各种妖娆的姿态，享受着大自然赋予的美丽。望着她们"美丽"的身影，维持秩序的老爷爷在岸上着急地大声吹着哨子。

我可不羡慕这种"美丽"，沿着铁路一直走到了盐湖的腹地。这里的水域特别平整，没有了警示标志，终于可以下水了。我迫不及待地走下湖去，湖水只有二三十厘米深，清澈见底，湖底柔软但走起来却不费劲。周围的大人们都在湖里小心翼翼地走着，减少波纹的产生。可是要等镜面出现，必须静止不动好久，我可没有这个耐心，大步流星地在水里划着步子。妈妈看我总是破坏别人的镜面，把我赶回岸上。

岸边大片雪白的"沙滩"上，大人们忙着拍照片，孩子们嬉戏玩闹着。阳光折射下来，水面上波光粼粼，水中漫步的人们卷起阵阵波纹，向着岸边翻滚而来。如果不是大家都穿着厚厚的衣服，我真以为是到了澳洲汉密尔顿岛的白天堂沙滩。比白天堂沙滩更迷人的是，这里湖面上倒映着的天空的影子，那么纯粹，那么动人，那么让人心生向往……

蒲公英的故乡

（五年级）

从茶卡盐湖出来，景区入口开始疯狂地拥堵起来。我们逆着车流，一路通畅回到青海湖，转道去往祁连山脉。马上就要离开青海湖了，我真是有些舍不得。

我们把车子停在路边，走上了一片不知名的牧场。这里的绿色草场，与昨天夕阳中的金色草场相比，又是另一番景色。如茵的草地铺满起伏的山峦，一直绵延到了天边，成片的白色羊群在草地上悠闲地吃草，羊背上的圈圈点点是主人家做的记号。

小山包上搭着一个临时帐篷，帐篷底下是这片牧场的主人，他们一家正在吃着午饭。看到我们三个闯入者，一位藏族叔叔立即站起身来："朋友，从哪里来，要不要一起来吃饭？"爸爸忙着道谢："我们从茶卡过来，已经吃过午饭了。"藏族叔叔背后，跑出一个和我差不多大的小姑娘。长长的辫子，黑黑的皮肤，忽闪忽闪的大眼睛四下打量着我。我朝她笑笑，她就大大方方跑了过来，黑黑的小手抓着一把玉米粒一样的东西递给我。我看看妈妈，妈妈笑着点点头。我接过"玉米粒"，放在嘴里嚼着，硬硬的，脆脆的，有点香。

"你家的羊真多呀！"我指着山上这些星星点点的羊群感

叹着。

　　"这只是一小部分。"她抿嘴笑着说，"还有一大片在山的那一边呢。"

　　"羊群不用看着吗？"我好奇地问。

　　"丢不了。"她满不在乎地说，"我们家里要野餐，雇了人帮忙看着呢。"

　　望着他们脸上洋溢着的幸福，我们赞叹着现在藏民的富足生活。他们热情地邀请我们四处走走看看。翻过这座小坡，就是成片的野花。那些野花既不密集，也不耀眼，点缀在绿茵之中，就是一幅幅自然而美丽的画卷。突然，我的眼前出现了一大片的白色植物。

　　这是我第一次看到这么大规模的野生蒲公英地。除了几朵零零星星的黄色蒲公英花朵焦急地渴望着成熟，其他大部分蒲公英都已经结了白色的种子。细细的花秆大约一尺多高，头上顶着舒展的种子。那一朵朵白色的精灵在风中翩然起舞，小的如硬币般大小，大的如毛绒球一般，看似长得柔柔弱弱，但是它们已经布满了这整片原野。

　　我小心翼翼地摘下一朵来，捧在手心里，仔细端详。只见这朵蒲公英的种子，已经完全成熟了，饱满地呈现出一个球形，在阳光下闪闪发光。种子们一个个向着四面八方探着脑袋，它们撑起一把把雪白雪白的毛绒小伞，仿佛已经为远行做好了充足的准备。它们随时待命，只要一有风儿的消息，就毫不犹豫地马上出发。不知道它们离开这片土地的时候，是否会有一丝留恋。

　　我打算帮它们一下，鼓起腮帮子向着空中太阳的方向，用力一吹。它们立即撑起降落伞，在空中舞动起来。紧接着一阵清风吹来，它们趁势越飞越高，四散飞舞开去。面对生命中第一次也是唯一一次重要的独立旅行，每一个小小的身影都是那么毫不犹豫，每一个柔弱的身影都是那么步履坚定，每一个孤独的身影都是那么勇敢无畏。我手中剩下的花托显得有些寂寞，刚才还被孩子们簇拥着，不一会儿就形单影只了。可是她日夜呵护着它们，不正是期待着它们放飞自我的那一天吗！

　　一朵，两朵，三朵……一整片，我在草原上尽情地吹着蒲公英，边吹边奔跑着，蹦跳着。实在累了，我就躺在它们中间，望着蓝蓝天空中，朵朵白云在悠闲地踱步，我仿佛也变成了一朵蒲公英，和它们一起在空中自由地飞舞着。

　　我身边的这些白色精灵，没有玫瑰的绚烂，没有牡丹的雍容，也没有野百合那迷人的香气。但它们素净的外表，飘逸的身姿，于无垠的旷野之中，就是有着说不出的灵动与美丽。它们不需要遮风挡雨的暖棚，不需要园丁细心的呵护，只要给点土壤和阳光，就能在天地间尽情绽放着自己的美丽。它们甚至不需要赞美，也不需要掌声，随风飞舞四处安家，用旺盛的生命力演绎在自己的舞台上。

　　我在青海湖边，蒲公英的故乡，偶遇到它们，欣赏着它们，祝福着它们，勇敢地飞向梦的远方。

天境祁连

（五年级）

我们依依不舍地离开梦幻般的青海湖，沿着海北进入了祁连山脉。一路上满目苍翠，如入画卷。起伏的群山尽情地展现着雄壮的身姿，辽阔的祁连大草原上一马平川，星星点点的牛羊和炊烟袅袅的毡房点缀其间。

翻越大冬树山时，天空下起了大雨，夹杂着雪籽，能见度不足十米。一路风驰电掣般开车的小王叔叔，此刻也是非常谨慎地像蜗牛一样，沿着山道慢慢挪动着汽车。到了海拔4120米的山顶，天空下起了大雪。刚才在山下还是二十几摄氏度的气温，现在已经降到了零摄氏度左右。有好多从旅行车上下来的叔叔阿姨，穿着薄薄的T恤衫，龇牙咧嘴地和标志牌合影留念，欢笑成一团。

翻过山，就到了有"东方小瑞士"之称的祁连县城。我去过人间仙境般的瑞士，所以当我看到这里的景色后，觉得实在是牵强，对后面的行程倒是没了太大的期待。

第二天一早，天气格外清朗，睡饱了的我们神清气爽地前往祁连县城边上的景点——卓尔山。没想到这个不知名的景点倒是出乎意料的美丽！

这片美丽的风景掩藏在群山环抱之中。我们沿着游步道拾级而上，毫无遮挡的视野中，高原上浓烈的阳光照耀着广袤的草原，绿油油的青稞和金灿灿的油菜花，在蓝天白云的映衬下，仿佛一幅天然的画卷，让人心旷神怡得只想在旷野上放声呼喊，可又怕惊扰了对面的圣山。

也许是我跑得太快，玩得太兴奋了，爬到半山腰时，我出现了高原反应，心跳加快，大口地喘着粗气还有些接不上气来。爸爸叫我不要登顶了，最美的风景并不一定只在山顶，只要有一双懂得欣赏关的眼睛，在哪里都能找到美景。

我坐在台阶上，开始慢慢环顾四周，欣赏美景。

抬眼望去就是常年积雪的牛心山，虽然我觉得这个名字太不美了，但是牛心山的藏语"阿咪东索"，意为"众山之神""镇山之山"，是祁连山众神山之一。作为祁连的象征，它巍峨高耸，海拔4667米。虽然是盛夏，但眼前的牛心山顶披着厚厚的积雪，浮云时有时无，山顶积雪若隐若现，仿佛远在天边，又好似近在咫尺。

游步道的两边是丹霞地貌的群山，连绵起伏的红色山体在阳光的照射下分外鲜艳。山顶上森林茂密，高大的松树如同哨兵般挺立山间。山坡上是天然牧场，大片的绿茵草地在天地间尽情地渲染着勃勃生机，草地上点缀着无数星星点点的牛羊和不知名的野花。山脚下整整齐齐的阡陌良田，掩映在山谷之中，各种不同的农作物飞扬着各自的色彩与个性，但又有机地拼接成彩色的天然地毯。

"不望牛心山上雪，错把祁连当江南"。名不见经传的卓尔山，在山谷间肆意挥洒着雄壮与美丽，这是一种把北方的粗犷硬朗和江南的清新细腻糅合在一起的独特之美。这种美，只有这儿有。所以，这里大可不必牵强地叫"东方小瑞士"，这里就是中国的"天境祁连"。

七彩丹霞

（五年级）

领略了天空之镜般的茶卡盐湖，翻越了雄奇辽阔的天境祁连，今天我要揭开七彩丹霞的神秘面纱。

当第一缕红色的霞光洒在张掖这片古老的土地上，我们来到了闻名遐迩的七彩丹霞风景区。张掖是古丝绸之路重镇，有着"塞上江南"的美誉。行走在张掖的大街小巷里，我似乎还可以感受到昔日这个小镇的繁华与热闹。这里有着国内唯一的丹霞地貌与彩色丘陵的复合景观带。

我们跟着观光车进入景区，一大片红色的群山连绵起伏地出现在视线中。目光所及，所有的山都光秃秃地没有一棵树木。眼前的大地红彤彤一片，天上的太阳也是红彤彤一片，天地无比热情地拥抱着我。可我的心里只有一个字"热"，好像是误入了火焰山的地界，真想借铁扇公主的扇子来渡个劫。

我用妈妈的丝巾把自己包裹成了一位神秘的"吐蕃公主"，正有些不好意思。可放眼望去，我好似跟随唐僧师徒一路取经，进入了西域的国度，周围的叔叔阿姨们为了抵挡炎炎烈日，都已经把自己包裹成妖娆的"西域美人"，各种奇装异服披挂上阵。只有外国游客们，热情地接受这阳光的拥抱。他们有些不理解，但又不失礼貌地朝我们笑着。

　　沿着曲曲折折的游步道，我登上观景台，立即被眼前的景色所震撼。眼前的山峦好像是上帝打翻了调色板似的，起伏的山势间呈现着层次分明的色彩。这整片山峦算不上高大巍峨，气势磅礴，但是那斑斓的色彩却是世间独有。

　　我早就忘记了炎热的天气，兴高采烈地跑下这个山头，又冲上另一个山头。几个观景台各有特色，有的好像雄伟的布达拉宫，如海市蜃楼般出现在眼前；有的像一道道大屏风，耸立眼前，好想知道屏风的后面是不是藏着千军万马；有的像一只只大扇贝，似乎撒上些葱花孜然，就马上可以享用到饕餮盛宴，我仿佛已经闻到了阵阵香气，肚子开始咕噜咕噜地叫起来；有的像一个个金色的麦垛，游人们好像是忙碌了一年的农民伯伯，那丰收的喜悦在人群中发出阵阵赞叹，荡漾在"田野"的上空。而我最喜欢的还是四号观景台。

　　四号观景台的色彩最为丰富。爬上山顶，好像进入了彩色的童话世界。一层鹅黄色，一层暗褐色，一层本白色，一层丹红色，一层浅灰色，一层天青色……我想仔细数数，可阳光刺得我眼睛生疼。我努力眨眨眼睛，发现还有很多其他颜色……颜色越数越多，随着云层的移动和光线的变化，山色调皮地变幻着各种外衣，呈现着流畅的波浪状，真是不敢相信这是大自然的巧夺天工。

　　此刻的我，忘记了疲劳，忘记了炎热，忘记了饥饿，在美丽的色彩世界中陶醉着。听说我们看到的还不是最美的七彩丹霞，如果等到雨后的落日时分，那又该是怎样的一番壮美啊！

甜蜜的烦恼

从色彩斑斓的童话世界张掖出发，领略了天下第一雄关嘉峪关的风采后，我们进入了茫茫戈壁滩。

笔直的公路仿佛要通往天际，前后没有别的车，只有我们孤独地行驶着。自从到了甘肃，车窗外的景色与青海相去甚远，没有了高大巍峨的雪山、连绵起伏的草场和星星点点的牛羊，只有一望无际的茫茫戈壁滩伴随着我们，他就像一位不善言辞的刚毅汉子，孤寂地在天边沉默着，车开好久也不见他变换着身形和色彩。偶尔有经幡、佛塔和不太成规模的雅丹地貌出现眼前，一点点色彩都会让我兴奋好久，但是很快又沉默在那无垠的旷野中。

我在车上百无聊赖，昏昏欲睡，突然一片金闪闪的色彩在路边闪耀，司机小王叔叔说：“你们有好吃的了，瓜州到了。”

“瓜州？这个地方我知道。”我的瞌睡虫一下子跑了，兴奋地开始吟诵，“京口瓜洲一水间，钟山只隔数重山”。

爸爸笑着说：“你确定是这个瓜州吗？”

“春风又绿江南岸，明月何时照我还”？等后两句诗脱口而出，我才尴尬地呵呵笑着，“不是这个瓜州”。

虽然此瓜州非彼瓜州，但是只要有好吃的就是个好地方。

我仔细一看，刚才那金闪闪的一片光亮，原来是瓜农在路边铺天盖地地晾晒着的蜜瓜干。蜜瓜都被切成一小条一小条，连成一串串、一排排、一片片地挂在路边，倒是成了天然的隔断，遮挡着太阳。家家户户的简易瓜棚连成一片排成长龙，甚是壮观。

路边有很多叔叔阿姨在叫卖，他们在路边卖力地挥着手。我一眼看到了这其中有一个瘦瘦小小的身影，那是一个和我差不多年纪的小姑娘，在前方怯生生地向我们招着手。我问妈妈："去小朋友家好吗？"爸爸妈妈笑着点点头。

她家的瓜铺不大，也是用蜜瓜干做成了隔断，丰收的蜜瓜在里面都快堆成小山了。简陋的瓜棚里面只有她，却没有一个大人。妈妈吃惊地问她："就只有你在卖瓜吗？"她点点头，指指村里的方向说："我爸爸妈妈都在忙！"妈妈连声夸赞她能干。她有些腼腆地央求说："叔叔阿姨，多买几个瓜吧！我们卖不掉。"

"我也很想多买几个。"妈妈有些为难，不好意思地说，"可我们只有四个人，又马上要结束旅行回杭州去了，实在是买不了几个瓜。"她的眼神黯淡下来，低下头看着地上。我忙问她："你家的瓜是不是既新鲜又好吃？"她的眼睛一刹那亮了起来，也不直接回答，就好像是我认识了好久的好朋友，拉起我的手就往瓜棚后面跑。

原来她家的蜜瓜就种在路边的沙地上，黄黄的地里还有很多成熟的瓜。"我们现摘现卖的，包甜！一个瓜只要六块钱"。我看看妈妈，妈妈笑着说："瓜很重，我们路上不好带。这样吧，小妹妹，我们少买几个，但你可以卖贵一点。这样的瓜，在杭州要三四十块钱一个呢。"

"那不行的，只卖六块钱一个，不能卖贵的。"她忽闪着清澈的大眼睛真诚地看着我们，"你们还是多买几个吧！"

爸爸对她伸出了大拇指："小妹妹，你做得很对，那我们就多买几个瓜！"

"你们的瓜那么好吃，可以放到网上去卖的。"我尝着他们的瓜，突然灵光一现。

"嗯，我回头就和爸爸妈妈说。"她似懂非懂地点点头。

以前我总以为丰收是件幸福的事情，可是到今天我才知道，丰收也会给农民带来烦恼。这位小姐姐，小小年纪就会承担家里的责任，为大人分忧，更可贵的是，她能坚持诚实守信的原则，物美价廉，货真价实。

虽然并不需要，但我们还是买了很多蜜瓜和蜜瓜干。有的送给司机叔叔了，有的在路上努力地吃掉了，还有几个千里迢迢地跟着我们飞回了杭州。我请好朋友们分享着蜜瓜。

不知怎么回事，这蜜瓜吃起来特别的甜，也许是因为它们是来自瓜州的蜜瓜，也许是因为我替瓜州的小朋友分担了一点甜蜜的烦恼。这甜蜜一路伴随着我！

从沙漠贵妇到特种兵战士

——敦煌系列之一

（五年级）

从色彩斑斓的童话世界张掖出发，领略了天下第一雄关嘉峪关的风采后，我们带着瓜州的蜜瓜，一路甜蜜地进了敦煌城。

敦煌，这个听上去就是透着浪漫与神秘的城市，有着太多的历史与沧桑。听说在这里，随手捧起一把沙，就是一段历史，随手翻开一卷书，就是一段往事。

我走在敦煌的街道里，努力想象这里昔日的繁华，然而眼前这座略显寂寥的城市，并未告诉我多少历史的讯息。这里和普通的县城并没有太多的区别，我有些失望。妈妈说："我们不用急着了解敦煌的历史，先去一个好玩的地方玩个痛快。"一听到玩，我立马就来了精神。

日暮时分，伴着残阳，我们走进了鸣沙山景区。虽说已经是下午四点多了，但是门口的游客络绎不绝，他们都是来看沙漠落日的。一进景区大门，我就看到了那些很萌的大个子们——骆驼。它们都被统一编队，十几只骆驼一路纵队，蹲在地上待命。它们长着棕色略带金黄的皮毛，两个大大的驼峰耸立在背上，驼峰中间披着漂亮的红色毯子，细长的脖子，顶着小小的脑袋。特别是那长长的双重睫毛看上去既妩媚又迷人，当风沙扬起的时候，睫毛就会将沙子挡住，不让风沙吹进眼里。它们嘴里悠哉悠哉地嚼着东西，那么气定神闲，就像一位位正在夕阳中喝着下午茶的雍容贵妇。

我选了一只漂亮的骆驼美人，爬上驼峰中间，紧张地等待出发。等我们这一驼队的所有人准备就绪，牵骆驼的叔叔一声令下，领头的骆驼像一堵墙一样站了起来，后面的骆驼们就一只接着一只有序地站起来了。它们细细的四肢，竟然能支撑得起这么庞大的身躯，真是让人佩服。轮到我的骆驼美人了，它也不紧不慢地稳稳起了身，我好像从一楼坐升降梯到了二楼，眼前的视线也一下子开阔起来。

我的骆驼美人驮着我，一步一步向前走去，我在她的背上一起一伏地走入斜阳。那种踏实的感觉，是与骑马截然不同的。你好像把自己交给了一位特别可靠的老朋友，它柔和稳重的个性，让你在短时间内就能非常信任它，在它背上悠闲地欣赏着美景，徐徐地走入沙漠腹地。

我在江南长大，从没看到过沙漠，这是我第一次走进沙漠。傍晚的阳光温柔地洒在鸣沙山上，沙子上反射出金色的光芒，耀眼但不刺目。天地间仿佛就只剩下纯粹的金黄和湛蓝这两种颜色，漂亮地碰撞着，但又和谐地相映生辉。连绵起伏的沙丘一直延伸到天边，沙丘上金色的波纹和黑色的影子，交织在一起，波纹的曲线随着风儿的起舞而细微地变幻。

在这美丽的光影中，一支支驼队陆陆续续地爬上沙丘，我仰着头看着山上的驼队，它们黑色的剪影巧妙地点缀在金色的沙涛里，在夕阳的照耀下，显得那么灵动与美丽，不知哪位巧妇手里的剪刀才能演绎出天地间这么完美的艺术品？

　　我的骆驼美人开始爬山了，它扁平的蹄子下面有着厚厚的肉质垫，特别适合在沙堆里爬行。沙丘的坡度很陡，牵引的叔叔们带着驼队走着"之"字形，骆驼们庞大的身躯是那么的灵巧与稳定，从来不滑坡，并不比那些在陡峭的山间攀爬的山羊差。而且它们不仅能长时间地耐饥渴，还能灵敏地嗅出水源的方向，号称"沙漠之舟"。我坐着沙漠之舟航行在漫漫沙涛中，突然觉得刚才在夕阳下喝着下午茶的沙漠贵妇只是它们的伪装，进入了沙漠之后，它们立即就化身成特别能战斗、特别能吃苦的特种兵战士，我真是小瞧了它们。

　　它们驮着我，翻过沙山，来到了月牙泉。牵骆驼的叔叔一个手势，"嗖"地一下，它们跪了下去，坐在了地上。我倒是惊魂未定，它们却马上又变换了身姿，化身为一位位身穿华服、从容地等待着晚宴开始的贵妇们，淡定而又优雅。

　　这真是一种谜之动物，看来，沙漠也是个藏龙卧虎之地呀！

历史的光亮

——敦煌系列之二

（五年级）

　　沙漠里的特种兵战士——骆驼驮着我，翻过鸣沙山，来到了这片神奇的绿洲月牙泉。月牙泉就像她的名字一样，似一轮浅浅的弯月，出现在茫茫沙海中，四周都是沙子，只有这一弯泉水边长着些绿树和芦苇，真是感叹大自然的神奇。在离城市这么近的地方，有一个这么美丽的沙漠；比这更神奇的是，在这茫茫的沙漠里，竟然有一个海市蜃楼般的绿洲，让这里既有江南的细腻，又有大漠的粗犷。

　　可我却无心欣赏这样的美景，心儿早就飞到那起伏的沙山上去了。我奔跑地冲上沙丘，一脚踩在沙子上，就像一拳打在了棉花堆里一样无处使劲儿了，手脚并用爬了好久，可是爬两步退一步还在山底打转，怪不得那么多人在梯子那边排队。我也乖乖排队，一踩在梯子上，就发现好爬多了，脚下终于有了支撑力气的地方。

　　爬梯子的速度太慢了，有好多阿姨走走停停，歇在半山腰上。我还是跳到了沙山上，虽然累点，但是终于慢慢掌握了些技巧，有了大展拳脚的地方。我一会儿如小猴子般灵活地往上爬，一会儿如大鹏展翅般在很陡的沙坡上飞腾地往下跳着跑。在沙子上飞起来的感觉真是太棒了，风儿在我耳边略过，沙子在我脚下飞溅，大人们艳羡的目光在身边拂过。

走走停停，等着龟速的妈妈，大概爬了三十分钟后，我向山顶发出了进攻。可是当我到达山顶的时候，却发现后面还有更高的沙山。我一下子倒在沙子上，太阳快要完全下山了，天空中一片红红的光晕，沙子已经不烫人了，暖暖地好惬意，风儿吹来有些凉，我舒服得快要睡着了，却被爸爸拉起来继续往上爬。上面的一段路不是太陡峭，我努力向着山顶冲刺。

突然看到长长的队伍，原来是排队去滑沙的人群。我高兴地排起队来，可是队伍太长了，排了好久还是没有前进多少。爸爸说："排队多无聊，你可以自己找乐趣。"他用手一指，我才发现靠近山顶的沙子上有许多游客们乱扔的矿泉水瓶子，环卫工阿姨正费力地上下攀爬捡垃圾。为什么面对这么美的鸣沙山，却有游客做出这么多不文明的行为？我感觉好生气。要知道在史料记载中，月牙泉一直是碧波荡漾、水草丰富的，但是由于敦煌地区地下水的使用过度，月牙泉已近干涸了，也许过几年再来，月牙泉就真的消失不见了。希望所有喜爱这里的人们都可以对环境多一点爱护，让月牙泉能与鸣沙山长相依偎。

到我大显身手的时候了，我问妈妈要了一个大一点的袋子，施展我刚刚学会的灵活功夫，上下翻飞地捡空瓶子。也许是人们爬得太累太渴了，越是接近山顶的地方，随手乱扔的瓶子就越多。不一会儿，袋子就装不下了，我就把垃圾并到环卫工阿姨的大袋子里继续捡。虽然累得满头大汗，但是我觉得这比无聊地排队等着滑沙，要好玩多了。望着环卫工阿姨脸上的笑意，我捡得更欢了，一下子就消灭了这片山头的垃圾。

捡完垃圾，我也终于费尽力气爬上了山顶的最高处，看夕阳在冷风中演绎着最后的辉煌。游人们三三两两地坐在山顶，望着眼前的美景不舍得离开。有些人驾起专业的摄影设备，在这里等星河。

我回头望向山的那边，才发现后面是绵延起伏的无尽沙山，一直延伸到天边，山的两边风景迥然不同。鸣沙山的这边，远处的月牙泉已经亮起了灯光，倒不如刚才的自然了，但是美丽依旧。远远望去，月牙秀美，游人如织，一片繁忙气象。而山的那边漫天黄沙，清冷孤寂，一片寒冷萧瑟，却总有几个孤独的身影，在夕阳的余晖中任性地走入茫茫沙海腹地。他们背着厚厚的行囊，风尘仆仆，却又决绝坚定。我不解地问妈妈："天快黑了，那些叔叔要到哪里去，他们不害怕吗？"妈妈说："他们有着自己的方向。"

也许每一个曾经的少年都有着未了的边塞梦。他们有他们的梦，我坐在山顶做着自己的美梦。妈妈带我来的鸣沙山果然好玩，这是我去过的国内最好玩的景点。当我尽兴地玩乐后，坐在山顶，我仿佛知道了妈妈为什么带我来这里。

那光影下的沙漠驼影、那夜色四起时分灯火阑珊的月牙泉，以及那些勇敢地在月色中走入沙漠的坚定身影，都仿佛让我看到了在千年之前，敦煌作为丝绸之路上最重要的边陲重镇，有多少中国商人的驼队，载着满满的丝绸，从这里出发，去往遥远而未知的神秘西域；又有多少风尘仆仆的西域来客，穿过茫茫沙漠，欣喜地来到这片绿洲，带来了异域的文化与特产，来揭开古老中国的神秘面纱。这片神奇的土地，用如此好玩的方式，让我看到了历史的光亮。

穿越千年的回响

——敦煌系列之三

（五年级）

千里迢迢，我们终于来到此行的终点，也是我期待已久的地方——莫高窟，一个在我的想象中有着无数佛像和飞天的神秘地方。旺季的莫高窟，一票难求，为了保护这片饱经沧桑的遗址，莫高窟每天限流六千人。我们提前一个月在网上订到了票，带着满满的仪式感，我和爸爸妈妈走进了景区。

开车的小王叔叔带我们在一个流线型的现代建筑前面停了下来，我忙问他是不是找错地方了。他呵呵地笑着说："这里是敦煌莫高窟数字展示中心。"我将信将疑地走了进去，刚好是我们预定的时间，这里的中外游客非常多，但是大家都静静地排着队，不一会儿就走进了影院。

第一个影院播放的是主题电影《千年莫高》，它向我揭开了那一段尘封了1600余年的历史，告诉我丝绸之路的形成、佛教东传和营建莫高窟的历史文化背景。第二个影院就更精彩了，是展示精美石窟艺术的球幕电影《梦幻佛宫》。让我很骄傲的是，它是全球首部以石窟艺术为表现题材的超高清数字球幕电影，对莫高窟最具艺术价值的七个经典洞窟进行了全方位的展示。说实话，在接下去的行程中，我看到的真实的洞窟都没有在这电影里看到的精彩呢！四十分钟的时间一下子就过去了，仿佛让我经历了一次穿越时空的心灵之旅。

出了电影院，门口就有景区漂亮崭新的大巴士在等着我们了。我们上了车，大概十五分钟的时间，来到了真正的莫高窟。

一下车，我就被这里庄严肃静的气氛给震慑了。眼前是一片浅褐色的岩石，岩石上面有一个个凿开的洞穴。1600多年前，僧人乐僔就是在对面的鸣沙山上，忽然看到这片崖壁千佛现山真容，熠熠金光将他笼罩，所以在这里开凿了莫高窟的第一个洞窟。多么奇妙的缘分！现在的洞窟已经被完全的保护起来了。每一个洞窟门口都小门紧闭，必须有专业的导游带我们进去。

进入景区后，就没有人大声说话了，我们静静地在门口排队。有景区专业的讲解员阿姨出来接待我们，把我们分成十几个人一个小组，佩戴上耳机后，讲解员阿姨开始介绍进入洞窟的注意事项和规则。妈妈说，这里的讲解员素质都很高，我顿时对他们肃然起敬，认真聆听。

讲解员阿姨带我们有序地走进大门，跟着她走进一个又一个洞窟。洞窟内光线幽暗，但仍然可以清楚地看到墙上那些伟大的作品。一尊尊佛像，向我们传递着千年的信息；一幅幅多彩的壁画，传达了古人礼佛的虔诚，他们不惜用宝石为原料制作色彩，所以我们才能看到这么多美丽的图画；而王道士发现藏经阁后，将珍贵的经卷运往国外的故事，让我充满了愤怒，这样的人就该遗臭万年。

我自豪着，震撼着，赞叹着，惋惜着，愤怒着，最终陷入了沉思。思绪随着那一段沧桑的历史起伏着，一点都没有察觉到参观已经接近了尾声。爸爸妈妈原本以为我会听不懂。可是，莫高窟景区里秩序井然的管理、肃静庄重的气氛和统一专业的讲解，早已经把我带入了历史，指引我走进了艺术。这里和其他熙熙攘攘的景点是那么的不同，这是一个可以让人静下心里来读懂历史的地方，让我觉得很自豪与骄傲的国内景点。

　　快要结束莫高窟的参观了，也马上要结束这段难忘的丝绸之路的旅行了，我在九层佛塔前伫立沉思。我望向眼前这片崖壁，偶尔有阳光照进佛洞，我想象着1600多年以前，一位古代画师叔叔，在这其中的一个洞窟里，就着幽暗的光亮，满怀着礼佛的虔诚，把自己的信仰一笔一画地留在了石墙上。他一定不会想到，在1600年之后，有这样一个喜欢画画的小姑娘，站在画壁前，认真地看着他的作品。历经1600多年的时空转换，我仿佛读懂了他在那一刻的感念，那是穿越千年的心灵的回响。

雪山圣境

（四年级）

她，是纳西族人民心中的一座圣山；她，如同一条巨龙盘亘在穹顶之下；她，是长江以南第一高峰；她，就是神奇而美丽的玉龙雪山。

迎着晨曦，我们来到了玉龙雪山的门户——甘海子牧场。这里是玉龙雪山东面的一片原野，海拔3100米。一下车，空旷自在的感觉扑面而来，高耸入云的雪山前面是挺拔的树林和广袤的草原。草原上白色的小屋犹如一只只专心致志地吃草的小羊羔，享受着大自然的馈赠。而我享受的是一场视觉的盛宴。

初夏的草原上早已不知不觉地染上了各种色彩，深绿、浅绿和鹅黄的草场交织碰撞在一起，各色小花星罗棋布地点缀其间。蒲公英长出了可爱柔软的小绒毛，风儿一吹，四处飘散布满原野；蓝色的、粉色的马莲花迎风招展，清丽脱俗；还有那紫色的，粉色的，金黄色的，白色的格桑花成片成片地风中起舞……广阔的草原，成了绿的海洋、花的世界。

甘海子牧场与雪山之间的山谷里，静静地流淌着一条不为人知的河流。河床由白色大理石组成，清泉流过，河水也变成了白色，得名白水河。月牙形的蓝月谷，如母亲般温柔地环抱着白水河。我们去时天是蓝色的，远山也是蓝色的，山谷里树林茂密，溪水长流。蓝月谷的水真蓝啊，蓝得好像是一望无际、万里无云的天空；蓝月谷的水真清啊，小到一块小石子都能隔着水瞧见；蓝月谷的水真静啊，静得你只有把手放入水中，才能感觉到它在流动。

走着走着，我们来到了玉龙雪山脚下。抬头仰望，雪山如同一条蜿蜒粗壮的巨龙高高在上，好似帝王的风范。它身披一件银白色的披风，那是山顶上终年不化的积雪，缭绕的云雾为它增添了几分神秘又威严的色彩。

我们乘坐缆车上山。一开始，雪山上有大片大片的树木，层峦叠翠，苍翠欲滴；再往上走些，树木变得稀稀拉拉，山坡上露出了一些黑褐色的岩石；到达了半山腰，树木完全消失了，岩石布满了视线；渐渐地接近山顶处，白色的积雪覆盖了全部的岩石。我本以为积雪是软绵绵的，可是一脚踩下去，雪是硬的，是许多的冰碴。

望着云雾缭绕的雪山圣境，那么圣洁，那么伟岸，我对大自然的敬畏之情油然而生！

那一次，我征服了泰山

（四年级）

泰山，一个让人望而生畏的名字。

来到泰山脚下，妈妈单位大多数叔叔阿姨和他们的孩子们都走向缆车售票处。看到那么多同龄小伙伴乘缆车上山，本来爬山意志很坚定的我，打起了退堂鼓："妈妈，可不可以不爬？"妈妈一副冷酷的面孔："不行！""为什么别人都可以坐缆车，我要爬上去？"妈妈斩钉截铁地说："因为你来之前，曾经信誓旦旦一定要爬上去的，说话要算数。"我打退堂鼓的主意只好就此作罢。

爬了二十分钟后，我已经腰酸背痛了，每走一步都很累，我苦苦哀求道："妈妈，现在后悔还来得及，咱们下去坐缆车吧！"可是，无论我的苦情戏怎么演，妈妈总是坚决地说："开弓没有回头箭。"我有小情绪了："为什么只有我的妈妈不让我坐缆车？为什么我会有一个这么冷酷无情的妈妈？"

气呼呼地爬到半山腰，我的希望彻底破灭了，现在也不可能回去坐缆车了。望望山顶，云雾缭绕，如仙境一般，南天门依然连影儿都见不着。此刻只有变成孙大圣，翻个筋斗云才能登顶了吧！两旁的巨大岩石耸立山间，像一座座如诗如画的小山，溪水唱着欢快的歌，叮叮咚咚地流过。可是这些丝毫没有减轻我的疲劳，我气喘吁吁，汗如雨下，一屁股坐在台阶上，任凭妈妈怎么叫，我也不肯起来了。

突然，一个高大健壮的背影吸引了我。那是一个挑山夫，他光着膀子，肩上披着一条被扁担磨出几个洞的藏青色的毛巾，黝黑的皮肤被阳光照得闪闪发光。左边挑着七八十瓶矿泉水，右边挑着三大箱沉甸甸的水果。他咬着牙，汗水浸湿了他的全身。一条泛黄的裤子已被磨得几乎看不出颜色，那双军绿色的鞋子沾满灰尘。

他一手扶着扁担，一手有节奏的前后摆动，一会儿走之字形，一会儿又拉着扶手艰难地走着。那身影走得很慢，却很少休息。我气喘吁吁地跑上去，一脸痛苦神情。挑山夫叔叔看到了，笑着说："小姑娘走不动了？你可以走之字形，咬咬牙就到了！"我大受鼓舞从地上爬起来试着走之字形路。真是个妙招！走之字形路果然轻松了许多，就好像在平地上走路一样！我正想感谢，却只见他已经不紧不慢地走远，消失在了去往天街的路上。

当我终于站在泰山之巅，虽然脚还在抖，心还在快速地跳着，但是眼前的云雾涌动让我突然有了一种腾云驾雾的感觉，本来不可一世的泰山，成了我的手下败将。向妈妈望去，她正对着我微笑。那一刻，我仿佛长大了，那个冷酷无情的妈妈是为了让我体会到征服一座山的快乐，一个胜利者的快乐；而挑山夫叔叔让我知道了坚持不懈，永不气馁的泰山精神！

长白山的雪

（三年级）

我最喜欢雪，可是今年杭州没有下雪，所以爸爸妈妈在春节带我去长白山看雪。

快到长白山了，我激动地从飞机上往下看。哇，白茫茫的一片，平原、山川，树木上都覆盖着厚厚的积雪，千里冰封，万里雪飘，这真是个银装素裹的冰雪世界呀！我兴奋地在飞机上手舞足蹈起来。

下了飞机，热情的东北司机载着我们平稳地行驶在充满积雪的道路上。道路两边的白桦林里堆满了厚厚的白雪，我迫不及待地想去和雪亲密接触一下。善解人意的司机叔叔在路边停下了车。我捧起一把雪来仔细端详，哇，这里的雪绵绵的、干干的，像粉末一样。一阵冷风吹来，雪就被吹起随风飘扬，好美呀！我一脚踩进雪里，白雪顿时没过了我的膝盖。我深一脚浅一脚艰难地往林子里走去，回头一看，雪地里留下了一串脚印，这才叫"一步一个脚印"呀！

爸爸对我说："你躺在雪地里试试。"我慌忙摆手想要逃。爸爸二话不说，拎起我就往雪地里抛。我还没来得及反抗，就已经躺在像棉花堆一样的雪地里了。好舒服呀，也不觉得冷，我都不想起来了。

北方的雪真好玩呀，要是杭州有这样的雪，那该多好呀！

神秘的天池

（三年级）

　　还没出发去长白山前，我就听妈妈说，长白山上最美的就是天池。但天池就像一个蒙着面纱的羞涩少女，从不轻易让人看到她的真面目，所以要一睹她的芳容，得靠运气。

　　天池之所以名气那么大，是因为她是个特别了不起的湖泊。她是中国最深的湖泊，由火山喷发后的火山湖口积水而成，也是中国最大的火山口湖。周围环绕着16个山峰，一半在我国境内，另一半在朝鲜，所以她便成为中国和朝鲜的界湖。同时，天池还是松花江、图们江和鸭绿江的三江之源。她高居于长白山主峰白山头，海拔2691米，因为她所处的位置高，好像在天上一样，所以被称为天池。

　　那真是幸运的一天，碧空万里，阳光灿烂，是个难得的好天气。我们出发去往天池的北坡。我们先乘坐景区的中巴车，到达半山腰；然后换成越野车上山顶。车子在覆盖着积雪的盘山公路上蜿蜒前行，一路上还有侧翻的车辆倒在路边，险象环生。要看天池可真不容易呀！

　　下了车，我们顺着台阶走了一段路后，一转弯，天池突然出现在我的眼前。哇，天池好大，整个湖面已经结冰，我从来没见过这么巨大的冰块，真想到下面去滑冰呀！远远望去，白色的湖面就像是积雪覆盖的群山之中的一块白玉，高天上的流云倒映在湖面上，形成了流动的风景，分外美丽。

下山的路上，我一直不敢相信，这么冰冷的湖竟然是个活的火山口，大自然真是太神奇了。

不一样的风景

（三年级）

魔界是个什么地方？我告诉你，我去过魔界，那里是雾凇的故乡！

凌晨五点钟，天还没有亮，妈妈把我叫起来，告诉我要出发去魔界。我想那一定是个像霍格沃兹魔法学院一样的地方。带着满心期待与一丝忐忑，我们出发了。

一个半小时后，我们就到了魔界景区。走进魔界，这里到处覆盖着厚厚的白雪，蜿蜒的小河静静地奔向远方。景区里面还没有什么人，安静极了。耳边只听见我们深一脚浅一脚地踩在雪地上发出"嘎吱嘎吱"的声音。依稀的阳光，透过树叶的缝隙一直追随着我们，天空已经放亮，红红的太阳出来了。

爸爸带着我们没有走专供游人通行的比较好走的木头栈道，而是逆着指示牌的方向走进了林子里。走了好多路，我冷得直哆嗦，累得走不动了。我问爸爸："为什么要走那么辛苦的路？"爸爸说："坚持一下，你就会明白。"

走着走着，我突然发现前方小河边的树林变成了一片白色，满树的枝条都挂满了洁白晶莹的霜花。远远望去，江风吹拂银丝闪烁，天地间白茫茫一片，宛如被尘世遗忘的仙境，壮丽迷人。这就是传说中的雾凇奇观！

此时河面上水汽蒸腾，如烟似雾。河道中的草木与水流依稀可见，若有似无，仿佛把我们带入另一个神秘的世界。我兴奋地向小河边跑去，来到树下仰头仔细端详。只见雾凇正闪亮亮地挂在枝头向我微笑呢。阳光下的树挂轻盈洁白，清秀雅致，冷风吹来，树上的雾凇轻轻飘落，撒下漫天的雾花。在蓝天的映衬下，寒江柳雪、玉树琼花，这里实在太美了！

过了一会儿，太阳越升越高，雾凇与水汽都消失不见了。景区开始喧闹，这里重回人间气象。望着姗姗来迟的游人，我终于明白这里为什么被称为魔界了。这是大自然为我们变的魔术，只有勤劳、勇敢、不走寻常路的人才能看到的神奇魔术……

勇敢者的运动

（三年级）

　　来到长白山，滑雪是必不可少的运动项目，所以今天我和爸爸一起去长白山万达国际滑雪场滑雪。在教练小余姐姐的指导下，我穿上了笨重的滑雪鞋，带上了漂亮的头盔，扛起雪仗和雪板，像只小企鹅一样，步履蹒跚地向山下走去。

　　我们来到了练习场，教练先指导我做热身运动，教会了我平地滑行、移步、停顿、安全摔倒等基本技巧后，就带着我上了魔毯。我们随着魔毯来到练习场的高处，看到斜斜的坡道，我一下子紧张起来。可还没等我缓过神来，我就嗖的一下滑了下去。我连忙把板尾推开，可是由于力气不够大，我没能控制好速度，晃晃悠悠地要摔倒。情急之中，我突然想起教练教过安全摔倒的要领，我把手杖往两边一抛，重心往后倒，身子往旁边一坐，稳稳地摔在了地上。教练向我竖起了大拇指，夸我会安全摔倒了。虽然经历了一次又一次摔倒，但我彻底爱上了这项运动，连做梦都在滑雪。

　　第二天，我又早早地来到了雪场，小余姐姐已经在那里等我了。天空中纷纷扬扬地飘落着雪花，景色很美。可是积雪在滑道上会黏住雪板，这样的天气并不是最适合滑雪的。

　　根据我昨天的优秀表现，小余姐姐今天要带我上中级滑道去滑雪了。我们乘坐缆车上了F索道，来到了滑道顶部。我不禁倒吸一口冷气，只见这里的滑道又窄又陡峭，放眼望去，还有许多个弯道要转。我有些犹豫了，想要放弃。小余姐姐叫我不要害怕，就像在练习场一样滑就好了。我鼓起勇气，谨记减速停顿和转弯的要领，一撑雪杖，就像小鸟一样飞了出去，滑行的感觉真棒啊！经过一次次的训练，我滑得越来越好，还学会了转弯呢。

两天的滑雪结束了，我很舍不得教练小余姐姐，我们约好明年雪场再会。小余姐姐说："滑雪是个勇敢者的运动，你真是个勇敢的女孩！"

时光隧道

（三年级）

你骑过一个轮子的自行车吗？我骑过，而且是在结了冰的湖面上呢！你一定想知道这么奇特的自行车在哪儿吧！告诉你吧，就在吉林长白山佛库伦雪圈公园。

我拖着大大的雪圈，走进了公园。妈妈问我脚下是什么，我说是公园呀。妈妈笑着告诉我，我们正踩在湖面上呢！在夏天的时候，这里是一个风景美丽的湖泊，湖水碧波荡漾，到了冬天，整个湖都冰冻起来了，人们在湖上玩着各种冰上项目，也就成了现在的雪圈公园。

我马不停蹄地玩遍了冰滑梯、冰上小火车、冰上高尔夫，还有很多又好玩又好刺激的冰上项目。最让我难忘的是时光隧道，五个雪圈绑成一组，我们坐在雪圈上，从很高的山顶穿过一个冰洞，沿着冰道快速地滑下来。我的耳边就听到大人小孩的尖叫声、欢笑声和呼呼的风声，几秒钟的工夫就滑到了山脚下，那感觉真是太棒了！

我拖着雪圈，一遍又一遍地穿梭在时光隧道中，忘了时间的存在。

又是一片桦树林

（三年级）

哇，又是一片白桦林。在长白山的旅途中，我见到最多的就是这种树木了。一棵棵白桦树像士兵一样笔直地挺立在风雪中，在道路的两边夹道欢迎我们的到来。

走进白桦林，白桦树长得高高的个子，碗口粗的树干上披着灰白色的外衣，树皮很薄，层层剥裂。司机叔叔告诉我，白桦树的树皮，因为很轻薄，所以很容易被火点着，是当地居民用来生火的好工具。树皮里面颜色是浅黄色的，纹路很细腻，还可以用来当作纸张写字呢。

白桦树树干修长笔直，洁白雅致，姿态优美，十分引人注目，能组成美丽的风景林。我以为它就是最耐严寒的树木了，直到我看到了另一种桦树——岳桦树。

当我们到达海拔1700~2000米高度的时候，山上已经没有其他的树种了，只有岳桦树挺立在风雪中。它们长得不算高大，树皮灰白色，也是层层剥裂，枝条弯弯曲曲的，苍劲有力。它和我在山下看到的白桦树有些相似，但又是那样的不同。

与它相比，白桦树生长在山下，风姿优雅，体态俊秀，分外美丽。而岳桦树的生长环境更为恶劣，它承载了更多风霜雨雪，在这样严寒的气候里，只有每年七月初到九月初是它的生长期，其他季节它都是被冰雪覆盖的，所以岳桦树长得虽然不粗壮，但是木头的密度极大，放到水里就沉了下去，它们就是传说中的铁木。

我喜欢白桦树的优美俊逸，也喜欢岳桦树的刚毅苍劲，它们都是适应能力极强的树，代表了坚忍不拔的精神，也代表了生与死的考验。来长白山，你一定要仔细看看这两种了不起的树。

西湖美

（三年级）

如果你来过西湖，那你一定会赞叹西湖"淡妆浓抹总相宜"的美丽，赞叹无数名人大家在西湖留下的文化墨宝，但我这次赞叹的只是西湖上的一个小人物之美。

见到他，是在一个细雨蒙蒙、湖面微澜的秋日里。他坐在楼外楼门前船码头的301号船上，笑眯眯地看着我们。他大概50岁的年纪，黝黑的皮肤，清瘦的身材，深深的皱纹像爬山虎一样爬满了他的脸颊，一双布满老茧的大手紧紧地抓着船桨。他和颜悦色地问我："小姑娘，要坐船吗？"

我使劲点点头，虽然从小生长在杭州，但是我还没坐船去过三潭印月呢！没等妈妈问价格，我就跳上船，船公伯伯看出了妈妈的迟疑，笑着说："放心，我们西湖上的船明码标价，绝不欺客的。"

船在碧波荡漾的水面上，缓缓向着湖心亭方向驶去。伴着哗哗的划桨声，老船公开始娓娓道来。他上知天文，下知地理，通晓西湖的历史，把西湖里的景观和沉淀的文化知识都讲给我们听。我提了许多关于西湖的问题，可没有一个能难倒他的。他讲解的时候，两眼闪闪放光，声音洪亮如铜钟。讲到激动之处，他腾出一只手来在空中挥舞比画。那自信的表情，不像是一位船公，倒像是满腹经纶的专家学者。

妈妈抿嘴笑着："我是土生土长的杭州人，可是许多典故与传说，连我也不知道呢！"

"我可不是瞎编的噢。"老船公认真地说，"我讲的这些都是书上写的呢。"

"你们的培训真是不错。"妈妈连声夸赞着。

"不光是培训，我晚上回家，都是要看书的。"他谦虚地说，"我们文化程度不够，很怕耽误游客了解西湖，所以要努力学习。"

蒙蒙细雨飘散下来，我的心情如同湖面般的不平静。这位船公伯伯，只是西湖上一名普通的工作人员。可是他深深地爱着这个职业，爱着西湖，爱着杭州。他把专业、敬业和热情给了每一个来西湖的游客，他让西湖平添几分姿色。

我的家乡有美丽的西湖，然而让西湖更加美丽的，正是这些平凡而美丽的杭州人。

西溪且留下

（三年级）

夏末秋初的日子里，爸爸妈妈带我来到了全国首个国家级湿地公园——西溪湿地。很早以前，我就听说过"西溪且留下"这句千古名言。我很好奇，在古人眼中，西溪留下的到底是什么？

初秋的西溪，还有一些燥热，蝉儿在枝头留恋地鸣叫着。沿着清幽的高庄入口，我们走进西溪，这里是清代名士高士奇的故居。一条七米宽的漫长游步道"福堤"贯穿西溪南北，把水路纵横、河道交织的西溪分为两半。我飞奔上福堤，刹那间满目苍翠，郁郁葱葱，好一片世外桃源。看，茂盛的水杉树像一把把绿色的大伞为我们遮阴蔽日！瞧，美丽的薰衣草仿佛一位位翩翩仙子在山野间起舞！听，路边调皮的狗尾巴草老是挠我的小腿，我咯咯的笑声犹如跳跃的音符在空中回荡！我最喜爱的是福堤两岸的芦苇荡，成片的芦苇姑娘们在风中舒展着纤瘦的腰肢，飞舞着飘逸的秀发，在阳光的照耀下裙裾通透、如雪似花……难怪古人用"千顷蒹葭十里洲""万顷寒芦一溪水"这样美好的诗句来描绘它。"西溪且留下"，留下的是无比秀美的自然景观。

我沿着福堤在绿意盎然的美景中一路蹦跳前行，在一个拐角处，看到了一座古色古香的院落，门口的白墙上写着"水浒寨中屯节侠，梁山泊中聚英雄"。原来这里就是杭州西溪水浒文化展示馆，《水浒传》的集撰者钱塘（杭州）人施耐庵久居于此。走进大门，里面是一个由四根石柱撑起的演武场，四角高挑，气势雄伟。古朴的屋顶横梁上挂着"静心悟动"的匾额。我沉思着，西溪的独特地貌和历史文化孕育了《水浒传》，将演武场的崇武文化世代相传下来。"西溪且留下"，留下的是历代英雄好汉、名人雅士言行的精华，留下的是忠肝义胆、扶贫济弱的人文精神。

　　一片小朋友的嬉闹声把我的思绪从侠光剑影的古代拉回到现在，看着身边的人们扶老携幼、举家出游、其乐融融，望着来往的游人脸上荡漾着的幸福，我突然明白了"西溪且留下"，留下的是生态之美、文化之美、和谐之美。古往今来，这里不断演绎着我的家乡——人间天堂杭州的无穷魅力。

梦中的小河

（二年级）

草长莺飞的春日里，外公带我去他的老家——水乡绍兴游玩。我最喜欢坐绍兴的乌篷船。乌篷船载着我们在蜿蜒曲折的河道里摇啊摇，两岸杨柳依依，绿树成阴，风景美极了。可是，美中不足的是船舷边上有许多垃圾在游泳，河水变成了浑浊的墨绿色，还隐隐约约散发着臭味。我连忙捂着鼻子逃上了岸。

外公叹息着告诉我，他小的时候这里的河水清澈见底。夏天，他和小伙伴们在河里摸螺蛳、捉螃蟹、扎猛子，玩得忘记了时间。炊烟袅袅升起的时候，大人们来河里抓他们回家吃饭。小河潺潺的流水声、孩子们的嬉闹声和大人们的呼唤声交织在一起，成了外公无比怀念的过去。现在这条河被污染成这样，外公觉得实在太可惜了，真希望"五水共治工程"能够还我们一条干净的小河。

晚上回到家，我做了一个甜甜的梦。我梦到自己变成了那条小河，人们认识到自己的错误，"五水共治工程"让我的面貌焕然一新。我重新穿上了清亮透明的绿纱裙，浑身散发着清新迷人的气息，河边低垂的杨柳是我飘逸的秀发，随波舞动的水草是我灵动的裙摆，叮叮咚咚的水声是我动人的歌喉。小鱼、小虾和小朋友们重新来我家做客，乌篷船上传来的人们阵阵开心的笑声……

大洋彼岸的风

　　夜色已深，来自世界各地的游客们，都和我们一样远远地观看着土著人的仪式，不去打搅他们。冷风中，我头顶着璀璨星海与银河，耳听着那空灵而久远的歌声，望着火山坑里那熊熊的火光，想象着我们脚下那翻腾着的滚滚岩浆，感叹着大自然竟是如此的神奇瑰丽。

　　——《歌声飘扬在哈雷玛奥玛奥火山坑》

神奇的火山大岛

（四年级）

　　离开了无比喧闹、热情似火的火奴鲁鲁岛，我们乘坐夏威夷航空的飞机飞往夏威夷大岛。虽然来之前妈妈告诉过我，大岛的面积特别大，而且很荒凉，可是下了飞机后，我还是吓了一大跳。

　　我仿佛一下子从繁华步入了荒芜，公路的两边都是火山喷发后形成的焦黑的荒原，只有星星点点的喷泉草点缀其间。在笔直的公路上，开好久才会碰到一辆车。接待我们的小韩叔叔说，虽然没有车，但还是要开得特别小心，因为这里有很多野生动物，其中野猪和野山羊最多。野猪白天不太出没，但是晚上就经常乱窜。在200号公路边的荒草地上经常会看到成片成片出没的野生山羊和绵羊。现在这些物种的数量已经开始泛滥了，野猪比大岛上常驻居民多好几倍呢！

　　我心里一阵激动，真希望能在这无聊的荒野上碰到这些可爱的动物们，可是我只看到路边有被撞死的山羊和小鹿。大岛的许多行程，比如观看活火山喷发、观看星空，都是安排在晚上的，所以会有很多车穿行在深夜之中，真替这些野生动物们难过。希望它们珍惜生命，天黑以后就不要乱跑了。

　　这座神奇的大岛一共有5座火山，其中海拔最低的基拉韦厄火山（Kilauea）是目前全世界最活跃的火山之一，也是正在喷发的一座火山。其中的Pu'u'o'o火山口自1983年开始喷发至今就从未间断过，岩浆源源不断地往外流淌。

我们去的这段时间刚好有火山岩浆入海的壮观画面，有很多人徒步去岩浆入海口观看。可是我年纪太小了，不能去参加这种有危险性的徒步活动，所以爸爸妈妈带我坐直升机在空中观看。

直升机升空以后，我们从空中俯视活跃的基拉韦厄火山。我们到达的两周前它刚刚激烈地喷发过。由于是白天，我们看不到红色的火光，只有浓浓的白色烟雾从火山口不断飘散出来。小韩叔叔说这些蒸气中富含有毒的硫化物，是不可吸入的！虽然从空中远望，在岩浆入海口只有几条火红色的细流从悬崖边落下，汇入大海，但是仍然可以感受得到当1000多摄氏度的滚滚岩浆落入冰凉的海水中，那是怎样一种激烈与壮观。只见深蓝色的海面上，只有岩浆落入的那一片区域的海水是浅绿色的，水火交融，蒸气漫天。

直升机离开火山口后，带着我们鸟瞰大岛全貌。我发现火山大岛并不是全部都像我刚才看到的那样荒芜，只要是火山熔岩经过之地，都是冷却后的熔岩覆盖层，荒漠般寸草不生。但是熔岩未经之地却是绿树点缀的溪流河谷。常常是一片岩浆边上就是郁郁葱葱的热带雨林。这里有着多种地质奇妙地并存，世界上有13种气候带，这里占了8种。火山岛上的小镇居民淡定从容地生活，听说要岩浆快流到家门口了才肯搬家，他们与火山是如此和谐地共处着。

无比神奇的火山大岛！

"快乐"的夏威夷海豚

（四年级）

　　说实话，爸爸妈妈来夏威夷大岛，是为了火山与星空，而我是为了和海豚玩，常年喷发的火山和震撼的星空都比不上海豚的魅力。来之前，妈妈告诉我这次住的酒店里面就有海豚，我们住的房间就正对着海豚池。为此，我已经激动了好多天了，这次我一定要和海豚亲密无间地接触个够！

　　一入住酒店房间，我就以最快的速度冲向阳台，楼下的人造海豚池就建在大海的边上。只见一些黑色的物体在水中飞快地游动。"海豚！"我不禁大声呼喊。只见海豚们有的摆动着自己蓝色的大尾巴，如离弦之箭般游到这一头，又游到那一头，似乎在进行着游泳比赛；有的懒洋洋地躺在水面上，正晒着悠闲的日光浴；有的跃入空中，溅起一大片水花。有一条小海豚，想模仿姐姐哥哥们浮在水面上，刚浮起来，就沉下去了，惹得我捧腹大笑。表演的时刻到了，它们在教练的指挥下，非常配合地卖力表演着，漂亮的动作结束后，欢快地拍着水，去教练那里领吃的。在我眼里，海豚看上去是那么的快乐，它们在海豚池里幸福地生活着。

　　我再也忍不住了，一下子换好装备，冲向海豚池。我和两个韩国小朋友、一个法国小朋友被编在了一组，听完工作人员详细的讲解后，我们跟着教练有序地走进了海豚池。一条漂亮的小海豚在教练的指挥下，向我们游了过来。它光亮的皮肤靓丽极了。在教练的指令下，它在我们的周围做着各种各样的表演，非常可爱。

终于到了可以亲吻海豚的环节了，海豚游到我身边。我开心地连看都没看，上去亲了它一口。亲完后，我看着海豚的嘴巴，突然吓了一大跳，原来海豚的嘴巴并不是非常光滑的，上面破了好多皮。它在教练的指挥下，看上去非常快乐地一个接一个地和小朋友们亲着嘴呢！难道它不痛吗？

我的心情非常低落，若有所思地上岸回到房间。我在阳台上看着海豚们，突然觉得这些看上去非常快乐的海豚们其实是不快乐的，因为在几步之遥的地方，就是它们的故乡——大海。它们可以听到大海的波涛，可以闻到大海的气息，可以感受到同伴们在不远处的召唤，但却被人类关在这小小的水池里，为游客们表演，和游客们亲吻，还很配合地逗小朋友们开心。它们有家不能回，付出了这么大的代价和我们做朋友，我们却把快乐建立在它们的痛苦之上！

夜晚的星空下，海豚池里静悄悄的。我看不到它们的身影，便幻想着它们已经纵身一跳，以一个漂亮的飞跃，划破夜的寂静，成功"越狱"，投入了大海妈妈的怀抱，做一只真正快乐的小海豚。

离星空最近的地方

（四年级）

　　"一闪一闪亮晶晶，满天都是小星星"。我从小唱着这首儿歌，梦想着什么时候可以看到星星布满天空，银河璀璨生辉。来到了神奇的夏威夷大岛，我的梦想就变成了美丽无比的现实。

　　吃完晚饭，向导小韩叔叔带我们横穿夏威夷大岛来到了冒纳凯亚（Mauna Kea）火山。他可是这里的专家，已经带客人上过100多次火山了呢。他告诉我，冒纳凯亚海拔4205米，是一座休眠了4600年的火山，也是整个太平洋的最高点。它是火山由海底直接喷发堆积而成，如果加上海里的高度，它的总高度超过一万米，比珠穆朗玛峰还要高呢，所以它是全世界自身高度最高的山。这里被公认为世界顶级的观星圣地，据说能看到95%以上的星星。这里也是全世界顶级天文学家向往的地方，山顶上有13座各国天文台，包括世界上最大的3台。可是由于我的年龄不满16周岁，无法登顶看天文台。

　　虽然有遗憾，但是半山腰的云海落日也挺醉人。我们从山脚下开车20分钟，到达了海拔2800米的Onizuka游客服务中心。小韩叔叔说这个游客服务中心是为了纪念在美国1986年挑战者号航天飞机上失事的日裔宇航员Ellison Onizuka，他在夏威夷大岛出生长大。

车子开到云层之上后，气温从30多摄氏度骤降至5摄氏度。我脚踩着褐色的火山土地，周边的景色都好像变得梦幻了。空气变得很稀薄，爸爸妈妈叮嘱我要放慢脚步，我只好用慢动作走着，仿佛是宇航员走入了月球表面。望着壮观的云海落日渐渐谢幕，我激动地等待着星星们华丽的"出场仪式"。我们今天真是幸运极了，月亮显得黯淡无光，一定会有明亮的星星出现！小韩叔叔说，游客们来夏威夷大岛观星之前，一定要了解农历的日子，农历十五前后就不要来观星。月朗星稀，太明亮的月光下，星星就失去了光华。

太阳下山后，四周一片漆黑。游客服务中心亮起了一片暗房里才用的暗红色的微光，除此之外，整个世界没有一点光亮，这是为了让人们更好地能看到星空。来自世界各地的天文爱好者，都在这里静静地等待着。

不知什么时候，漫天的星星开始震撼地出现在头顶，哇！好亮啊！启明星变得就像一盏小灯笼，把自己的风采尽情地展现给大家。第二颗，第三颗，第四颗……顷刻间，星星布满了天际，仿佛无数颗耀眼的钻石装点在黑丝绒幕布上。可就在我眨眼之间，所有的星星都和我捉起了迷藏，一会儿这颗隐身了，一会儿那颗又不见了，看得我眼花缭乱。

在小韩叔叔的指引下，我很轻松地用肉眼找到异常清晰的土星、金星、木星、大北斗七星、天蝎星座……壮观的银河系，就犹如一条灰色的丝带，在天空中闪耀！今天恰逢农历七月初七，我们还找到了仍然隔着银河对望的牛郎星与织

女星，不知道他们为什么会错过这么重要的约会的日子。

　　在刺骨的寒风与稀薄的空气中，我在这离星空最近的地方，面对着似乎触手可及的银河与星系，仰望着它们梦幻般的光芒，感叹着这段难忘的经历。

火山公园里的生命之光

（四年级）

我们在傍晚时分走进夏威夷国家火山公园，我原本以为公路上的景色已经够荒凉了，没想到一走进火山公园，我才知道什么是真正的不毛之地。

放眼望去，全部都是凝固了的火山岩浆，满目的黑色，没有植物，没有动物，没有一丝生命的迹象。我心里不禁想：这片贫瘠的土地，除了游客不会有任何生灵了吧！

我们随着向导的指引，踩着凹凸不平的火山熔岩去往海边。这些熔岩保持着凝固那一刻的形态，有的像一层层的梯田，有的像盘根错节的老树根，有的像一条条纠缠在一起的巨蟒，在阳光的照耀下，也是另一番美感，荒芜之美。虽然已经是傍晚了，可是路上的岩浆还是有几分灼热，配合着那凝固时的状态，仿佛只要温度合适，这些岩浆就会随时喷薄涌动起来，这是一种很奇特的张力。

"哗~哗~哗~"那是大海的呼唤。我走向海岸线，一片绵延的悬崖峭壁跳入了我的视线，悬崖外是一望无际的蔚蓝色的大海，海风瞬间就把炎热吹走。到目前为止，年轻的基拉韦厄火山还在不断喷发当中，海岸线正不断地向着大海延伸，也许再过几百年，夏威夷火山大岛会成为一片大陆呢！

　　我正在海边浮想联翩，突然，一小片绿色映入眼帘。那是久违的绿色植物。我连忙走进一看，这是一种叫不出名字来的小草，小草中间竟然还开出两朵黄色的小花来。它们生长在两块熔岩的缝隙中，下面都是层层叠叠的火山岩，没有土壤，没有任何水源，它们是如何生长的呢？

　　一阵潮湿的海风吹来，我不禁大胆地想象，也许就是海风中的水汽，让它们找到了生命的希望。它们在被烈日晒得滚烫的熔岩缝隙中间，顽强地生长了出来，虽然每天都在与命运抗争着，但是它们就这样生机勃勃地生长着，绽放出无与伦比的美丽。

　　我心头怦然一震，生命的意义是什么？是勇气。勇气的力量，让这些平凡的小花、小草释放出最美丽的生命之光。

歌声飘扬在哈雷玛奥玛奥火山坑

（四年级）

从海边沿着夏威夷国家火山公园的公路往回走，在入夜时分，我们终于到达了哈雷玛奥玛奥火山坑（Halemaumau Crater）。不远处的火山坑里正燃烧着熊熊烈火，那火光在黑夜中散发着温暖又夺目的光芒，黑暗的天空被火光照亮，呈现出一种蓝得发紫的深色调，隐约有淡淡的烟雾飘散开来。头顶是晴朗的夜空，星星早已布满了天际。它们实在太璀璨了，连熊熊的火光也没有掩盖住星星的光芒。星海银河与哈雷玛奥玛奥火山坑交相辉映着，展现着大自然的奇幻魅力。

正在此时，我的耳边突然响起非常奇怪的歌声，这种歌声我从来没有听见过，空灵而久远，仿佛来自遥远的过去。我急忙拉着爸爸妈妈向歌声的方向跑去，黑暗中有一群人围成一圈在唱歌，看不清他们的模样，只觉得神秘而庄重。我想跑过去看个究竟，却被妈妈一把拉住。她告诉我不要去打搅他们，他们是夏威夷土著人，正在祭祀火山女神Pele。在他们举行这种仪式的时候，是不希望被打搅的。

我想夏威夷土著人一定并不喜欢他们的家园被那么多人来打搅。比如有的游客喜欢拿木棍去戳鲜红的岩浆，还有游客喜欢捡走火山石。对于夏威夷土著人来说，火山岩浆和火山石都是火山女神Pele身体的一部分，是不可以随便触碰和拿走的。来之前，妈妈就告诉我，不可以带走任何一块火山石，传说这些火山石都已经受到了火山女神的诅咒！向导叔叔说这里的邮局每天都会收到来自全世界各地邮寄回来的火山石。

我觉得不管这些传说是不是真的，但是我们每到一个地方，就应该先了解当地的文化习惯，尊重当地人，尊重他们所敬畏和在意的民俗禁忌。面对美好的东西，我们仔细欣赏，把它们留在记忆之中就足够了，不应该随手带走。我觉得对自然界心存敬畏，把自然界的东西留在自然界，这是人与自然最好的相处方式。我走的地方越多，这样的想法就越强烈。

夜色已深，来自世界各地的游客们，都和我们一样远远地观看着土著人的仪式，不去打扰他们。冷风中，我头顶着璀璨星海与银河，耳听着那空灵而久远的歌声，望着火山坑里那熊熊的火光，想象着我们脚下那翻腾着的滚滚岩浆，感叹着大自然竟是如此的神奇瑰丽。

奇异的悉尼水族馆

（四年级）

咦？这是水族馆吗？怎么连我这动物迷都没见过这样的鱼？光是门票上的两条"无名大鱼"，就吊足了我的胃口。

走进悉尼水族馆那个低调的大门，我真是怀疑走错了地方。因为妈妈跟我说，悉尼水族馆是世界上最大的水族馆之一。虽然它并不提供海豹、海豚表演等节目，但是它汇聚了澳大利亚大堡礁、塔斯马尼亚海域和悉尼港在内不同地方的13000多种海底生物呢。而且，有别于其他水族馆的是，它依海而建，直接用管子从港口接入海水来养殖，所以鱼儿就相当于生活在大海里，我们就相当于在大海里看鱼呢。

走过幽暗的通道，我突然发现里面真是别有洞天呢。巨大的梦幻般的透视隧道里，有好多海洋巨无霸，比如魔鬼鱼、大鲨鱼都在我的头顶上霸气地滑行而过；各种漂亮的彩色珊瑚形成了巨大堡礁，一群群靓丽的热带鱼在周围翩翩起舞；还有海狮在海底嬉戏……这里真的就好像在海底世界穿行一样，真是太梦幻了。

咦，这是啥？海蛇？鳗鱼？真是看不出它的真面目。看它那纤细的"小蛮腰"，一扭一扭地在各种奇石珊瑚中不停地绕着圈。瞧它瞪着老大老大的眼睛，眼珠子都要掉出来了，机警地关注着周围的一切，眼里露出高傲的目光，一抬头仿佛在说："我可是鱼中之美女。"不一会儿，它又一溜烟地摇着长尾巴钻入了珊瑚丛的怀抱中，时而在珊瑚丛中不停地转圈，时而亲吻着柔软的珊瑚，最终在一株珊瑚树下驻足留下。在这里，我看到了无数没有看到过的鱼种。

还有那些珊瑚，横看像镰刀，侧看像发夹，让鱼儿们"不识庐山真面目，只缘身在此山中"。其中有一种特别漂亮的珊瑚，紫色的身子随波飘荡，上面还有一个又一个粉色的小圈圈，那靓丽的样子让我驻足观看了好久。说实话，当我在大堡礁浮潜时，也没有看到过这么漂亮的珊瑚群。

这就是悉尼水族馆，一个外表低调，但是却包罗万象的奇异的水族馆。

汉密尔顿岛上的"小偷"朋友

（四年级）

　　离开热闹的悉尼，我们来到了度假天堂汉密尔顿岛，这里被称为大堡礁的心脏。在酒店办理入住手续时，前台接待员阿姨就递给找一叠资料，我一眼就看到了一张画着鹦鹉的纸片，上面用粗体字写着："小心在岛上飞行的小偷！"后面还画了一个大大的惊叹号。我心里暗暗好笑："小偷，是指鹦鹉吗？中国的鸟儿看见人早就飞得远远的了，难不成外国的鸟儿还敢来偷我的东西？"

　　走进入住的房间，我正想拉开阳台门去拥抱大海，只见门把手边上，一张醒目的警告又吸引了我的目光："关好门窗，否则它们会飞进你的房间中抢食物！"旁边还画着一只神气活现的黄头鹦鹉，一只爪子霸气地撑着桌子，另一只爪子抓着一大块面包，傲娇地吃着战利品。"难不成它们还会不请自来，飞到客厅的桌上来抢东西？酒店也太大惊小怪了。"我满不在乎地哈哈大笑。

　　那天我游完泳回到房间，饥肠辘辘地打开一大袋刚刚出炉的薯条，坐在阳台上，正打算吹着小风，美美地享用一番。一不小心，我的手一滑，一根薯条掉到了地上。还没等我弯腰去捡，耳边就听见一声响亮的鸟叫。这鸟叫好像是一阵欢呼，划破了宁静的海岛上空，我都能听出那叫声中的兴奋和喜悦之情！"小偷"来了？我镇定地想着，一回头望去，果然是它，和画上长得一模一样！

这是一只全身雪白的黄头鹦鹉，长得非常好看，特别是头上竖着的几根鹅黄色羽毛，在阳光中威风极了。它就站在离我不远处的阳台栏杆上，用一副镇定自若的眼神看着我，仿佛在说："嘿，朋友，那根薯条归我了！"

"凭什么呀？"我打算故意装出一副不好相处的样子逗逗它，我跷起了二郎腿，把头一歪，斜着眼睛看它。

"就凭我是这儿的老大，你是新来的。"它一点儿也没有被我震慑到，嗖的一下，从栏杆上跳到地上，一爪抓起了薯条，"我不客气了啊，朋友！"

它看到我没有恶意，便抓起薯条飞起来，回到栏杆上吃了起来。这可真的是个"惯犯"呀！因为它娴熟地用嘴剥掉了薯条外面的那层脆皮，只吃里面软软的肉，一副有经验的样子。它飞快地吃完了那根薯条，满不在乎地在阳台扶手上蹭了蹭嘴，目光又落在了我桌上的那包薯条上。

我一把就把薯条拿起来搂在怀里，眉毛向它一挑："怎么着，就你这小身板打算来抢是不是？有本事你来呀！"它的表情凝固了几秒钟，一动不动地定格在一阵海风里。但我知道，它正在部署新的战术计划。果然，几秒钟后，它开始卖萌了！它把小脑袋一歪，咕咕地哼了几声，然后用哀怨的目光看着我："小姐姐，我已经有好几天没有吃饭了呀，肚子饿得咕咕叫呢！"

"哼，我是那么好骗的吗？"我一声冷笑，"你自己看看你肚子上的肉肉，那么胖，还说好几天没吃饭了。"

"小丫头，你不太好对付呀！"它仿佛被看穿了，有些无奈地盯着我好一会儿，开始施展"软磨硬泡功"，它就赖在夕阳里不走。

我很想看看它还有什么办法，就是不为之所动。正当我快坚持不住，想给它薯条吃的时候，它突然间拍着翅膀飞走了。这时，我倒是有些后悔了，哎呀，它生气不理我了呢。

我怅然若失地吃着薯条，没鸟跟我抢，薯条也不怎么香。突然，一片白花花的身影向我飞来。一只，两只，三只……一共有六只鸟，它们全部都长得一模一样，只有大小的区别。但我一眼就认出了领头的它。

它用一种很无辜的眼神看着我："你看，我有一家老小呢！你忍心看着我们一家都饿死吗？"其他几只鸟，也都用这么哀怨的眼神，齐刷刷地看着我，不，看着我的薯条。如果给它们配上忧伤的音乐，我的眼泪都要流下来了。

好吧，我输了，我投降了！我马上把所有的薯条都摊在了玻璃桌子上，自觉自愿地请它们跳到桌上来。它们一家老小毫不客气地在我家桌上，美美地享用了一顿丰盛的晚餐。

从那天开始，我和汉密尔顿岛上的"小偷"们成了很好的"酒肉朋友"。我每天买好薯条，在夕阳里眼巴巴地等着它们来大吃大喝。有时候它们不来，我还觉得不开心。望着它们在醉人的阳光中神气活现地吃着薯条，心里竟是说不出的高兴。

梦幻大堡礁之旅

（四年级）

　　从汉密尔顿岛坐船出发，在美丽的圣灵群岛中穿行，不一会儿，就到了外海。风浪开始变大，我在船里走路都像企鹅一样摇摇晃晃的。但是海水的颜色变得非常梦幻，在阳光的照耀下，层层叠叠的错落有致，有深蓝色的，浅蓝色的，祖母绿的，浅草绿的，还有那近似白色的海水下面就是著名的大堡礁珊瑚群了。

　　我们先乘坐直升机去看闻名于世的"上帝之心"——心形大堡礁。但是直升机升空后，我惊喜地发现，在这片海域上到处都是大大小小的心形大堡礁。浅绿色的海水中，白色珊瑚礁群外都有一圈浅褐色的边缘，这些不规则的边缘围成一圈，就很像个心形了。等终于到了那一颗著名的心形大堡礁时，我已经审美疲劳了，就想着快点去看今天的重头戏——大堡礁浮潜。

　　我们登上了统一的海上平台，在这里等待教练带我们去浮潜。澳洲对环境保护真的很重视。我们从空中俯视的时候，就看到海上平台都只建在大堡礁的边缘上，绝不破坏一点礁石。

　　我穿上浮潜设备，信心十足地跳下水去，我自认为是曾经在苏梅岛浮潜过的老手呢！可是，一跳下水去，我就慌了神，我以前浮潜的海域不是可以触着水底的，就是可以看到水底的。可是今天，我第一次把脚伸下去，本以为一脚踩中的是水底，结果一脚踏空了，刚要松开的手又紧紧抓住船上的扶手。好险啊，我感觉差一点点就掉入了万丈深渊！

看着我像考拉一样紧紧抱着扶手不肯放，教练游了过来。她叫我调整呼吸，大胆地松开手，头低到水里去，人就浮起来了。我鼓足勇气，紧闭着双眼，一头扎进水里。哇！我看到了一个不一样的世界。

这真是一个五彩缤纷的海底世界！纯净的海水清澈见底，水里的珊瑚礁是多彩的，主要是白色、浅黄色和天蓝色。许多鱼儿穿梭其间。见得最多的就是一种黄尾巴鱼，这种鱼蓝蓝的身体，柠檬黄的尾巴，大人的手掌般大小，成群结队地游来游去；另一种就是尼莫鱼了，它们穿着经典的红色与白色相间的条纹衫，特别的靓丽，远远就能见到它们的身影；偶尔有大型的鱼儿游来，黑乎乎的身子，潜水艇一般从身边经过。我紧张得不敢呼吸不敢动，可是它们只是很友好地从身边掠过，没有一点生气的样子。对于我们这些闯入者，它们是多么的客气呀。愿人类也能对它们温柔相待！

由教练带队的浮潜活动结束后，我还是赖在水里不肯上来，爸爸带着我又向更远的水域游去，妈妈在船上紧张地盯着我们。可是，哈哈，她已经控制不了我们了，我们越游越远，水下的景色也越来越漂亮，好多不知名的鱼儿出现在眼前，我真想就这样游到天际去。

　　夕阳西下，我们回到船上。爸爸感慨地说，这片浮潜胜地与他前几年来的时候已经相去甚远了，珊瑚的颜色与鱼群的种类都少了很多。人类活动，不管如何小心与注意，总是对自然界产生着影响。

　　我却依然兴奋地沉浸在浮潜的快乐里，望着壮观的海上落日，心里只剩一个念头，下次有机会，我还要浮潜，到更深更广阔的水域去，一头扎进这梦幻的蓝色里，做一条快乐的鱼。

大洋彼岸的风

（四年级）

一大清早，我就被汉密尔顿岛上的鹦鹉朋友们叫醒，在凉爽的海风中来到了游轮码头，码头上已经聚集了许多游客。晨风中，只见一只大海龟缓缓向我们驶来，这是Cruise Whitsundays船务公司的高速双体船，它的船身上画着一只大大的绿色海龟，非常可爱。它载着我们平稳地去往此行的目的地——白天堂沙滩。

大名鼎鼎的白天堂沙滩位于圣灵群岛的东侧，被誉为"澳洲最美的沙滩"和"全世界最环保和最干净的沙滩"。它其实就在我们住的汉密尔顿岛边上，我昨天在ONE—TREE HILL山顶上的漫天晚霞中，已经看到了它所在的圣灵岛的模样了，我远远地和它打了声招呼。我去过许多美丽的沙滩，印象最深刻的是国内的亚龙湾沙滩和还有夏威夷大岛的黑沙滩。对于这个敢叫作"天堂"的白沙滩，我早就按捺不住好奇心，急着要去一探究竟了！

一个半小时后，一条长长的海岸线，如一缕细细的云雾远远地悬挂在蔚蓝色的大海上面，那就是白天堂沙滩。轮船越靠越近，直接靠在了沙滩边上，而不是停靠在码头上，真是方便。船员们放下了长长的舷梯，我们就直接走上了这片著名的沙滩。

一走上沙滩，脚下就传来一阵柔软和细腻，沙子发出雪地里走路才有的"嘎吱嘎吱"的声音，如果不是炎炎烈日，我真以为是到了雪地。双手捧起一把沙子仔细看，它们其实并不是白色的，而是淡黄色的。这真是我所见过的最细的沙子了，如面粉一般细腻，一阵风吹来，就四处飘散开去，全无踪影了。

和我想象中不一样的是，这个沙滩并没有那么整洁。沙滩边上，到处是被海水冲上岸的海带，黑黑的一卷卷，和沙子纠缠在一起。绵延的沙滩后面是密密的红树林，靠近树林的地方，有许多倒下的小树，枝丫横七竖八地倒在沙滩上。树林里成群的大个子红蚂蚁勤劳地忙碌着，偶尔看到蜥蜴大摇大摆地在林子里散步，仿佛告诉人们它才是这儿的主人。

为什么没人来打扫一下？我四下张望着，却发现整个沙滩上没有任何商业设施和工作人员，也没有供游人休息的沙滩椅和太阳伞，甚至连个买水的地方都没有。刚才送我们来的游船已经远远地退到大海深处等着我们了，船员们自带了客人们的水和午餐，正在一一摆放开来。

我忙走过去和船员叔叔交流，才知道原来白天堂沙滩属于澳洲国家公园的一部分，它所在的这个圣灵岛上是没有任何居民和酒店设施的。游客也是无法自己租船过来，必须乘坐正规船务公司的船或水上飞机才可以到这里游玩，上岸的人数也是严格控制的。在我们游玩的时候，我看到只有两艘船到达，沙滩上最多的时候也大约只有几十个游客在游玩，一点都不拥挤喧闹。

我坐在沙滩上，看着眼前的大海。海水奇妙地呈现着浅绿的果冻色，晶莹剔透。海浪翻滚而来，却不见一丝泡沫。爸爸说，只有最干净的海水，才不会起一点泡沫。太阳出来了，这片淡黄色的沙滩突然仿佛被舞台上的灯光打亮，呈现出耀眼的白色，在阳光下明媚又夺目。此时的白天堂沙滩看上去是如此美丽，那是一种原生态的美丽，一种不着人工雕琢的美丽，那么迷人，那么炫目。

回程的船缓缓开来，船员和我们一起，把所有的物品以及垃圾都打包带走，这里没有留下一点人类的痕迹，仿佛就从来没有人来过一般。我站在船上凭海临风，望着明媚阳光下的白天堂沙滩如同一根"白丝带"越飘越远……

大洋彼岸的风吹来，我的思绪随风起伏着。我想象着，当我们离开后，人类把白天堂沙滩重新还给了大自然，那里又恢复了宁静。红蚂蚁们自在地在它们的领地里低喃细语，蜥蜴们在晚霞中的沙滩上踱着步子，红树林里的树叶在晚风中舒服地伸着懒腰，静静的海岛进入了梦乡。它们才是这里真正的主人。人与自然和谐地拥有这一片美丽，这既是动植物的天堂，也是人类作为客人可以享受美景的天堂。难怪这里叫作"白天堂沙滩"。

初识英国

（三年级）

读万卷书，行万里路。暑假里，爸爸妈妈带着我踏上了去英国的欢乐之旅。经过了十三个小时的长途飞行，英国航空的飞机稳稳地降落在了伦敦希思罗机场。

下了飞机后，我看到蓝蓝的天空，白白的云，阳光很灿烂。移民局的入境柜台排着长长的队，好一会儿才轮到我们。我有些小紧张，因为去英国之前，我听说英国移民局的官员都非常凶。

接待我们的是一个棕色皮肤、头发卷卷的中年叔叔，看上去的确有点凶。我紧紧地拉着妈妈的手，来到他面前。他抬起头冲着我们微笑，露出白白的牙齿。

他笑眯眯地问我们是不是第一次来英国，为什么来英国，以及爸爸妈妈的职业。听完妈妈的回答后，他突然扭头来问我："这位年轻的小姐，你的职业是什么？"我一下子愣住了，好一会儿才反应过来他在和我开玩笑。我也笑嘻嘻地回答："我的职业是学生。"他点点头继续问我："难道你不想和爸爸妈妈一样当经理吗？"话音刚落，他自己先笑了。他把护照还给了我们，热情地说："欢迎你们来英国，祝你们旅途愉快。"

这真是个愉快的开端。移民局这位叔叔让我对英国和英国人充满了好感。就这样，我的英国之旅开始了。

博物馆奇妙日

（三年级）

　　来伦敦前，我看了一部有趣的电影《博物馆奇妙夜3》，它讲述了在大英博物馆里发生的神奇故事，所以我怀着好奇的心情来到了大英博物馆。

　　大英博物馆收集了世界各地的稀世珍品，来到英国，这里是绝对不能错过的！走进博物馆的院子，我立即被这里的气势所震慑。只见8根巨大的罗马石柱支撑着一个三角形的浮雕，构成了博物馆的大门。古老的门里面却是一个非常现代派的大厅。圆形的图书馆正立中央，这里是拍摄《博物馆奇妙夜3》的主要场景，在电影里，所有的展品都复活了，在这个大厅里狂欢。

　　在6万平方米的10个展馆、100多个陈列室中，共展出了跨越世界千年文化史的400多万件艺术品。有"大宪章""罗塞塔石碑""帕特农神庙雕刻"，还有"古亚述王国的浮雕"……其中也有不少来自中国的宝贵文物。我望着中国馆里的那些中国宝贝，默默地想，落后就要被掠夺，所以我们中国人一定要自强自立！

　　在所有的藏品中，我最高兴的是看到了《博物馆奇妙夜3》里面的揭路荼。它的英文名字叫"Garuda"，是一种神话中的神鸟，它也是泰国国徽以及皇室标示。我很喜欢这个金色的小萌物，喜欢它萌萌的表情，喜欢它走路时摇摇摆摆跳跃的样子。真是太可爱了!

夜空中的伦敦眼

（三年级）

小时候我就知道，伦敦有一个很大的摩天轮，它有一个引人注目的名字叫"伦敦眼"。我可喜欢坐摩天轮了，一直想去那里看看它有多大，有多高，转起来有多快。

今天我终于可以登上"伦敦眼"了。只见这个乳白色的巨大摩天轮如同天外飞来的钢铁风车，矗立于泰晤士河南岸。夜空中，它像一个巨大的光环熠熠生辉，它的32个观景舱如同群星在闪耀，真是美极了。

伦敦眼下排着长长的队伍，像一条无穷无尽的长龙。排了很长时间的队，终于轮到我们了。我兴奋地走进观景舱。伦敦眼继续转动起来。它转得非常慢，比小乌龟的速度还要慢许多，难怪我在远处看的时候以为它停开了。

我们渐渐地越升越高，地下的长龙变成了一条小蚯蚓。伦敦的城市景色慢慢地展现在我们的眼前。十几分钟后，我们转到了最高点。哇，伦敦的美景尽收眼底。泰晤士河蜿蜒向前，河的两岸变成了灯的海洋、光的世界。大本钟披上了金色和紫色相间的美丽霓裳。远处的地平面上，火红的残阳还不肯褪去，留下一片如火如荼的晚霞，非常壮观。

观景舱内来自世界各地的人们都被美景所震撼，不停地发出惊叹的声音。今天真是圆了我的一个美梦啊！

古老的"管道"

（三年级）

　　第二天一早，我们出发搭乘地铁前往特拉法加广场看鸽子。妈妈说，了解一个城市可以从地铁开始。

　　伦敦城的地铁已经150多岁了。它是世界上最早的地铁系统，正式的英文名字叫"London Underground"，但是伦敦人都亲昵地叫它的小名"Tube"。英文"Tube"的原意是管道。再想想，也很有道理，因为地铁不就像行驶在地下的管道里吗？

　　伦敦地铁共有14条线路，覆盖了整个伦敦地区，地铁站多达280个，真是令人叹为观止。我们在伦敦的旅行基本上都是坐地铁，因为地铁非常方便，是伦敦最便捷且可靠的交通方式。

　　伦敦的地铁因为古老，所以设施陈旧，车厢狭窄，行驶起来有"咔哒咔哒"的声响。地铁到站时，吹起巨大的风，简直要把我吹倒了。

　　早晨八点的滑铁卢车站里，来来往往的都是行色匆匆的上班族。这些叔叔阿姨穿着很正式的服装，西装革履的，看上去非常的庄重，就好像要去讨论国家大事一样。无论在地铁站等车的时候，还是在地铁上乘车的时候，他们都在看书看报，很少人看手机。看上去他们不愿意浪费每一分每一秒，这很值得我学习。

牛津的浮光掠影

（三年级）

离开伦敦，我来到大名鼎鼎的牛津大学。牛津大学真的和"牛"有关。泰晤士河与柴威尔河在此地交汇，河水不深，古时常有牛车在这里经过，因而得名Oxford。如今，这两条河绵延依旧，古时牛车涉水的痕迹却已不在。

牛津的历史建筑比比皆是，英格兰各个时期的建筑如同活化石般在此呈现。尤其以哥特式建筑为多，这也为牛津赢得了"尖塔之城"的美誉。

我走在有几百年历史的鹅卵石路上，突然看见一个镶嵌在石头墙里面的邮筒。这种大红色的邮筒是英国的传统特色，也有几百年的历史了，到现在还在使用中。

走着走着，在一个圆形大礼堂前面，我看见有很多哥哥姐姐穿着隆重的学士服，头戴学士帽，自豪地走在路上。原来他们是去参加毕业典礼的。妈妈告诉我，只有全球最优秀的学生才有机会来这所大学读书。他们不仅聪明而且学习非常刻苦。我由衷地赞叹这些哥哥姐姐真是厉害，他们是名副其实的"天之骄子"。

在这所著名的大学城里，浓重的书香、古朴的建筑、蜿蜓的河道、起伏的田野、成片的草垛，都是那么迷人。来来往往的学生队伍更是给古老的大学城平添活力。

来自湖区的彼得

（三年级）

　　我从英国的湖区带回了一个好朋友。他叫彼得，英文名字叫"Petter Rabbit"，是一只穿着蓝色夹克的白毛小兔。他的妈妈是著名的作家碧翠克丝·波特。他的家坐落在湖区的温德米尔小镇上。

　　我们一大早就拜访了彼得的家。一走进他的家，我就被那里的梦幻场景吸引住了。我看到了一个木门，按了按门铃，木门自动打开了，仿佛在对我说："欢迎欢迎！"里面是一间放映小屋，屋里正播放着彼得兔的宣传片呢。彼得是一只机灵的小兔子，有时会有些顽皮。他受到了全世界读者的喜爱，所以有来自世界各地的小朋友络绎不绝地来他家参观。

　　我们走到了彼得兔纪念馆的内部。哇！这里真是个童话世界，有许多彼得兔故事里面的动物，比如水鸭杰迈玛、狐狸托德先生、小猫金吉尔、小狗皮克斯……他们穿着鲜艳华丽的服饰，表情栩栩如生，仿佛刚从书里走出来的一样。这里的摆设非常精致，大到一张书桌，小到一双袜子都相当精美。这里的音乐非常动人，仿佛天籁之音。

　　我从彼得兔纪念馆里带回了一只小彼得。我天天和他一起睡觉，一起玩耍。每次看到他，我都会想起在英国的美好旅程。

大象"香蕉"

（三年级）

去泰国旅行之前，我就听说泰国素有"万象之国"的美称。大象是泰国的国宝，泰国人把大象视为尊贵的象征。听说在古代的时候，大象就像战士一样，跟随着暹罗国的士兵在战场上冲锋陷阵；近代，大象就像大力士一样，帮着森林里的伐木工搬运重重的木头；而到了现在，大象的主要工作是作为演员，在旅游景点进行各种有趣的表演，并且供游人们骑行穿越丛林。今天，我就要去苏梅岛Namuang瀑布的热带雨林中看看这些可爱的庞然大物。

一进入热带雨林，我就被眼前的景象惊呆了。一头头雄壮的大象，足足有两层楼房那么高，正扇动着大大的耳朵，排着整齐的队伍，乖乖地驮着游人往丛林深处走去，我兴奋地跑去排队。

终于轮到我了，驯象师叫我爬上一个人工搭建的高高竹台等候。不一会儿，一头高高壮壮的大象踱着悠闲的步子来到了我前，它背上驮着两个竹椅子，高度刚好和我站的台子一样。我激动得想要爬上去，但又马上缩回脚，心想万一大象不高兴了，把我从这么高的背上摔下来怎么办。驯象师好像看穿了我的心思，用不流利的中文说："他，叫'香蕉'，喜欢香蕉。"我马上买了一串香蕉爬上了"香蕉"。

　　"香蕉"带着我们不紧不慢地往丛林深处走去，走得可稳了，我一点都不担心掉下来。走着走着，突然一根象鼻子伸了过来。我不禁吓了一跳。原来吃货"香蕉"饿了，正向我索要食物呢。泰国的大象真是大胆可爱，这里真是大象的天堂啊！

飞翔在新加坡

（三年级）

一到新加坡，炎热的空气就扑面而来，但是这并不影响这座城市的魅力，因为这里是全球闻名的花园城市。天很蓝，白云飘浮在耀眼的阳光下，空气干净得没有一点尘埃，街道上到处是绿树和鲜花。给我们开车的的士司机是一位退休的警长，他告诉我们，新加坡的治安非常好，我们可以放心地在任何时候随意在街上游逛。他还很热情地向我们介绍了好多景点，可我并不太感兴趣，我只想快点去看新加坡Flyer。

你听说过新加坡Flyer吗？那可是世界上最大的摩天轮呢！我曾经在伦敦坐过"伦敦眼"，对泰晤士河上的夜景念念不忘。今天我们要去新加坡Flyer上看著名的狮城夜景。

好不容易等到天黑，我们来到了目的地，我抬头往上瞧，本以为和我去过的伦敦眼差不多，可我惊讶地发现——Flyer比伦敦眼高出好多呢！它的高度165米，相当于42层楼高，比伦敦眼要高出30米，发光的漂亮箱体在黑夜的衬托下显得格外耀眼。

尽管这不是我第一次坐摩天轮了，但我还是有点小紧张。我踏上了Flyer，随着摩天轮缓缓上升，城市的街景一下子都变成了微缩景观，美丽的狮城夜景渐渐拉开了帷幕……

　　最引人注目的是滨海湾的靓丽景色，真是让人眼花缭乱。我一眼看到了金沙大酒店，它的样子像三根耀眼的柱子顶起一艘长长的游轮，游轮上正上演着精彩的灯光秀，那变化的多彩光束照亮了整个滨海湾的夜空。

　　它旁边星星点点的紫色建筑物是著名的双螺旋桥，它是世界上首座曲线桥。我白天在桥里走过的时候，并没有觉得它有多美。可是现在从空中俯视，灯光下的桥体，结构如此炫酷，有些类似人体的DNA结构，充满了科技感。

　　它的前面是新加坡艺术科学博物馆，妈妈说它的形状像一朵盛开的莲花，表示着它张开怀抱欢迎远方的来客，这里经常举办世界著名展品和大型国际巡回展览。我却觉得它就像一颗破碎的蛋，除了很酷的现代感，还有一种残缺的美感。

　　那个通体发光的大榴莲是新加坡著名的歌剧院——新加坡滨海艺术中心。看来，新加坡人和我一样都很喜欢榴莲呢。金属的球体在各种光与影的变幻下，散发着独特的魅力，既有质感，又有美感。而我仿佛在空中闻到了榴莲飘香。

　　正当我惊叹于这壮观的美景时，Flyer已经缓缓地下降了。此时，新年烟火盛宴在滨海湾的上空出现。那五彩缤纷的烟花像一些放学着急回家的孩子们一起奔向天空，却又像一些悠闲自得的老人们零零星星地飘然落下。正是农历正月里，美丽的狮城到处都散发着浓浓的中国年味，大街小巷里欢腾着舞龙舞狮的队伍。

　　我乘坐新加坡Flyer，飞翔在新加坡上空，过了一个难忘的中国年！

环球影城里的惊险漂流

（三年级）

哇！这就是举世闻名的新加坡环球影城。当我站在环球影城门口云雾缭绕的地球模型前，我真是太开心了，这可是我梦寐以求的地方呀。

一进影城，我就被里面浓浓的中国年味吸引了，这里到处都是中国的红灯笼和可爱的金猴造型。我打开所带的地图看了一下，高兴得一蹦三尺高。这里真是什么都有！有马达加斯加的"木箱漂流记"，有神秘世界的"小火龙探险记"，有侏罗纪公园的"激流勇进"，还有芝麻街的"意大利通心粉太空站战"……只要你想得到的，这里一定都有。

最惊险刺激的项目要属"激流勇进"了。我们穿好雨衣，在管理员的安排下坐进了一个大大的正圆形气垫船里。气垫船驶离起点，顺着水流沿河而下，一会儿欢乐地打着圈圈，一会儿随着落差掉下小瀑布，溅起一些水花。这些都和我以前坐过的激流勇进差不多，我一点儿也不紧张。

可是不一会儿，气垫船漂进了一个黑黑的通道，里面伸手不见五指，大家都紧张得不敢说话，只听到水流声不绝于耳。黑暗中前行了几分钟后，突然船在一道闸门前停下，我们被一股神奇的力量越推越高，最后停留在了半空中。这时候阀门突然打开，随着一道刺眼亮光，我们掉落在一个大瀑布中，大片的水花劈头盖脸地袭来，我们虽穿着雨衣却也变成了落汤鸡。在此起彼伏的尖叫声中，船到终点了。

这真是一次难忘的漂流经历。

我的越南朋友

（三年级）

新加坡的旅行快要结束的时候，我们来到了环球影城。这里是全球闻名的游乐园，售票处门口排着长长的队伍，蜿蜒着像一条长龙。炎炎烈日下，我焦急地排着队。

正在这时，我听到一个轻轻的声音在和我打招呼。我回头一看，原来是一个小姐姐。她的个子只比我高一点点，黄黄的皮肤，黑黑的头发，长着一双大大的眼睛，可漂亮啦。她用英文害羞地说："我买了票想去环球影城，可我的爸爸妈妈和姐姐不愿意去。你可不可以帮我买下这张票。我刚才问了很多人，他们都不愿意，你能帮助我吗？"我马上点点头，并问妈妈可以吗。妈妈说："当然可以啦，不过这里的票有很多种类，你请小姐姐和我们一起排到售票处门口。如果刚好是我们要买的票，我们就可以帮忙买下。"

小姐姐开心地和我们一起排队。我们愉快地聊着天。她来自越南西贡，今年十二岁了，读小学六年级。她的英文比我还好，交流起来完全没有问题。排到售票处，我们给售票员看票的种类，可是售票员阿姨大声告诉我们不可以在这里交易门票。我们和她解释了一番，她很坚决地阻止我们。我朝她眨眨眼睛，她立刻心领神会。

我们跑到了远离售票处的地方，我买下了她的票。这时小姐姐的家人也过来向我们表示感谢。我望着他们如释重负般离去的身影，心里快乐极了，因为我不仅帮助了别人，还交到了一个越南朋友。

梦幻音符之城

（二年级）

在快乐的暑假里，我去了欧洲六个国家旅行，有法国、德国、瑞士、奥地利、意大利和梵蒂冈。其中，最让我陶醉的是多瑙河边的音乐王国——奥地利。

进入奥地利后，我首先来到了萨尔斯堡，这里被称为"梦幻音符之城"。在一片郁郁葱葱的树林后面，有一条蓝蓝的小河，这就是大名鼎鼎的萨尔斯河。阳光映照在缓缓流动的小河上，好像一个身穿金色连衣裙、脚踏碧波的小女孩，在水面上跳着芭蕾。

穿过静静的萨尔斯河，我跟着导游阿姨来到了一条窄窄的小巷里。这条小巷有个奇怪的名字，叫作粮食胡同。小巷里人山人海，摩肩接踵。在一幢黄色的六层小楼前，聚集着很多人，因为这里是伟大的音乐神童莫扎特的故居。

这里还有世界闻名的萨尔斯堡音乐节，可惜我们到的时候，音乐节刚刚结束。真是太遗憾了！但是音乐的气息仍然弥漫在这里的大街小巷里。

多瑙河边的音乐之旅

（二年级）

妈妈告诉过我，在世界上没有第二个国家，像奥地利这样与音乐有着千丝万缕的关系。这里有着和音乐有关的历史，有着和音乐有关的景色，有着和音乐有关的节日，更有着和音乐有关的灵魂。

在花团锦簇的维也纳城市公园里，我和小约翰斯特劳斯的"小金人"塑像合影了，这是我梦寐以求的事情。"小金人"优雅地站在公园的中央，陶醉地拉着小提琴，在夕阳的照耀下熠熠生辉。

晚上，我去了著名的维也纳金色大厅，聆听了莫扎特交响乐团的精彩演出。金灿灿的大厅里，音乐家们戴着白色的卷发，穿着华丽的欧洲宫廷服饰，为我们演奏了很著名的曲子，其中我最喜欢的是《蓝色多瑙河》。最后的结束音乐响起，全场观众起立跟着音乐的节奏鼓掌，真是太美妙了。

奥地利的旅行结束了，我太喜欢这个国家了。我喜欢这里如诗如画的自然风光，也喜欢这里四处弥漫着的音乐气息。如果你不相信，可以自己来看一看，你就会和我一样爱上这个国家了。

人间仙境的雪山风光

（二年级）

在欧洲的旅行中，我最喜欢的一段经历是在瑞士的铁力士山乘坐缆车。铁力士山是阿尔卑斯山最有名的风景点，有着终年不化的冰川。

上山的时候，我坐了三段缆车。第一段是小缆车，只能坐六个人。天公不作美，下着微微细雨，雾气茫茫的草场上隐约看见许多牛儿在吃草，悦耳的牛铃声回荡在山谷间。小缆车把我们送到海拔1800米的Truebsee站，我们换乘第二段缆车。这是个大缆车，像一辆公共汽车一样。山谷里开始出现成片的森林。那些高高的树木像训练有素的士兵一样，整齐地排列在山脊上欢迎我们。到了海拔2428米的Stand站，我们换乘了第三段缆车。这也是一个大缆车，还能360°旋转，真是太神奇了。植物变得很稀少，陡峭岩石上覆盖着成片的白色积雪。这里的空气开始寒冷起来，大家穿起了厚衣服。到了山顶，我穿着羽绒衣在雪地里撒欢游戏，快乐极了。

下山的时候，天气开始晴朗起来，云雾散尽，一幅美丽的画卷展现在我的眼前。白雪皑皑的雪山，郁郁葱葱的森林，绿意盎然的草场，奔腾向前的河流，悠闲自得的牛羊，还有梦幻般的草原小木屋，好似人间仙境。等我长大了，我要去登雪山！

第四辑

也听那冷雨

雨更大了。撑着伞走在曲巷里，雨点在伞上跳着舞，伞下的小小世界里既热闹，又安静。天上是水，地上是水，遍布小城的河道里还是水，水汽氤氲，一片微茫。

——《也听那冷雨》

也听那冷雨

——挑战大作家系列

（五年级）

前尘隔海。古屋不再。听听那冷雨。

惊蛰一过，春雨便粉墨登场了。先是羞羞答答，继而欲语还休，她拉着冬天的手不放，明明是一番暗流涌动的暖意，却硬是带着虚张声势的寒冷。好似班里那个刚转学来的插班生，心里怕是憧憬得要飞了起来，但脸上却是冷飕飕的孤傲，让人不好靠近。

才过几天，她便有些不一样了。淅淅沥沥，她偷偷乐着；滴滴答答，她小声和着；噼啪噼啪，她踮脚跳着；哗啦哗啦，见着四周没人，她大声唱了起来。我忍不住伸出双手去迎她，掌心里却还是冷的，但那寒冷里竟有一些温暖的感觉了。

我在琴房里练琴，她在窗外听我弹琴，却不进来。她就是有这种本事的，分明细细密密地下着、飘着、飞着……耳朵却听不到半点声响。但她无声地落在我的心里，便是一台精彩的音乐会了。时而是动听的奏鸣曲，时而是恢宏的交响乐，时而是悠扬的咏叹调。我试着用中国的古风名曲邀她合奏，她竟是欣然答应。想来，这便是音乐的魅力了。

《彩云追月》声起，默契便如清泉般流淌开来。我的琴键高转低和，她的伴奏大珠小珠，仿佛是杜甫笔下"好雨知时节"

的欢畅，是张志和笔下"斜风细雨不须归"的浪漫，是韩愈笔下"天街小雨润如酥"的细腻，是杜牧笔下"多少楼台烟雨中"的迷蒙。一曲终了，余音绕梁……雨，该是一滴跳跃着的灵魂，窗外在喊谁？

我随她走进小花园里。一抬头，是疏雨滴梧桐，湿漉漉的叶子亮闪闪地在枝头飞舞着；一转弯，是骤雨打荷叶，那去年留下的残荷底下，隐隐约约的是小蝌蚪忙碌的身影。听去就是透着欢闹、喧闹、热闹，饶你有多少凄风冷雨，也掩藏不住那马上要绽放出来的希望。海棠树上弥漫着深深浅浅的粉色，她一朵一朵地拥抱着、坑闹着，兴奋之时使劲地摇晃着花骨朵儿们。我忙举伞遮挡，她却扑哧一笑："海棠可不是什么娇滴滴的花。"她随即滑过伞面去拂旁边的樱花树，樱花花瓣立即纷纷扬扬地飘散下来，虽说是"落花如雪马蹄香"，但毕竟"几树黄鹂欲断肠"。

我生气地往家里走，她也知道错了，垂头丧气地跟着我。回到家中，外公正在画国画，画里是水乡绍兴，那是他梦中时时出现的故乡。他见到湿漉漉的我，笑着说："雨中的水乡更美，我们回老家去看看吧。"

过了钱塘江，便到了水乡。雨更大了。撑着伞走在曲巷里，雨点在伞上跳着舞，伞下的小小世界里既热闹，又安静。天上是水，地上是水，遍布小城的河道里还是水，水汽氤氲，一片微茫。黛瓦下被她打湿的斑驳粉墙，似一幅幅水墨画，有的轻描淡写，有的线条林立，如诗如画的烟雨江南都浓缩在这水墨之中。巷子两旁的屋檐下是她滴答串起的"水晶"

帘子，挑帘进去，老板娘忙用围裙擦着手，热情地招呼着："快进来吃口茶！"

　　乌篷船悠悠地摇着，船公戴着毡帽，披着蓑衣，坐在雨里絮絮叨叨地唠着家常。外公出神地听着，那熟悉的乡音伴着雨声，仿佛是他已故多年的老母亲在梦里的呢喃："你回来啦，来看我啦！"他望着船头用手摇橹的船公，低低地对我说："我的母亲，就是你的太婆，是个瘦弱的小脚老太太，但她可是会用脚来摇橹的人呢！"他陷入了沉思，半晌才说："还好我的乡愁只隔着一条钱塘江。"

　　乌篷船里陷入了一片寂静，连雨点也不闹了。外面天空开始放晴，太阳朦朦胧胧地在云彩后面等着。"在浅浅的海峡那头的诗人，此时已经魂归故里了吧！"我这样想着，心情也就晴朗了起来。

　　前尘隔海。乡音尚在。也听那冷雨。

　　　　　　　　　　（本文改编自余光中《听听那冷雨》）

听雨系列

（四年级）

雨已经下了很久了。

屋外在下雨，屋里也在"下雨"。墙壁、地板、家具，连同外婆的心情都是湿答答的，她正对着一堆潮潮的衣服发呆，愁云般惨淡。可是，我的心情却是轻快地要飞起来。

我最喜欢下雨天了，从小喜欢听雨的声音。我撑着伞走进雨里，闭上眼睛，仔细地听。淅淅沥沥，是它们徐徐地敲打着院子里的花朵，犹如爱唱歌的姑娘，唱出动听的歌曲；滴滴答答，是它们疏疏落落地跳进小池塘里，惊醒了一池碧波，那是白居易笔下的《琵琶行》，大珠小珠喧闹人间；叮叮咚咚，是它们细细密密地敲打着芭蕉树叶，仿佛一支摇滚乐队，用鼓点奏出心中的畅想；噼噼啪啪，是它们在楼下的滑滑梯上嬉笑打闹，好不热闹；哗啦哗啦，是它们在小水沟里涌动起来，争先恐后地等待着跑步比赛的开始……

雨不算大，我干脆收起伞来走进雨里，走进它们在天地间拉开的一张白色的幔帐。什么都看不清，但心里却如同明镜似的，格外清爽。初夏的炎热早就消失不见了，雨丝直往我的额头和鼻尖上飞，凉丝丝的，舒服极了！它们轻轻地滑落我的脸庞，丝般柔滑，像是用手在轻轻抚摸。它们悄悄落在我的发丝上，仿佛洒了一头亮晶晶的小珍珠，满天的璀璨。

它们欢快地落在我的心里，我便这般被陶醉了，在这微茫的光阴里……

（三年级）

雨是有生命的，也是有心情的。你听！

他快乐的时候，下起了蒙蒙细雨。他踏着轻快的脚步，给大地蒙上了一层薄薄的轻纱。他哼着轻柔的摇篮曲，淅淅沥沥地悄声说道："我来喽！来看你们喽！"他轻轻拂着大地，为池中残荷送去露珠的慰藉。

他忧郁的时候，下起了绵绵不绝的冬雨。他步履蹒跚，仿佛想极力挽留住即将离去的秋姑娘。他唱着悠扬的咏叹调，滔滔不绝地诉说着对秋天的怀念。

他暴躁的时候，下起了雷阵雨。他步履沉重，惊醒了睡梦中的小青蛙。他唱着激昂的摇滚，发泄着心中的怒火。

我喜欢听雨，我的心情也跟着他上下起伏着，体会着雨的各种心情。他有时候娓娓道来，有时候吵吵闹闹，有时候慷慨激昂。我想起了一首诗《虞美人·听雨》：

少年听雨歌楼上。红烛昏罗帐。壮年听雨客舟中。江阔云低、断雁叫西风。

而今听雨僧庐下。鬓已星星也。悲欢离合总无情。一任阶前、点滴到天明。

（二年级）

雨，开始下了。

春天的雨，像序曲，淅淅沥沥；夏天的雨，像奏鸣曲，热情奔放；秋天的雨，像协奏曲，萧萧瑟瑟；冬天的雨，像咏叹调，呼唤着春天的到来。

我听到了雨声，就知道下了多大的雨。沙沙沙，那是温柔的小雨；哗啦啦，那是奔放的大雨。

雨声随时都会变，但是每一次变化都有不同的色彩呢。

（一年级）

你听，
滴答，滴答，
它跳到了我红色的小伞上，
挂起一串串水晶帘子，
想要做项链给我戴。

沙沙，沙沙，
它落在我的小书包上，
钻进去闻闻书香，

想要念书给我听。

噼啪，噼啪，
它打在绿色的芭蕉叶上，
欢闹地玩着滑滑梯，
想叫我一起到叶子上去玩耍。

哗啦，哗啦，
它落入了大地妈妈的怀抱，
汇成小流奔向大海，
我着急得想哭，
可以慢些，再慢些走吗？

春满家园

（三年级）

我家住在钱塘江边，小区的名字出自张若虚的《春江花月夜》。在这个春风时节，走进小区，就走进了生机勃勃的春天，也走进了张若虚的诗里。

我最喜欢小区里的亲水平台，因为这里是最能找到春天的地方。走在亲水平台的木地板上，远处是一大片起伏的草坪，小草们一个个争先恐后地探出脑袋来，用醉人的春色向大家传递着春天的讯息。草地上桃树已经绽开了笑颜，粉色的桃花挤挤挨挨地挂满了整个枝头，羞答答地互相簇拥着，远远望去，一团团，一簇簇，似夕阳染红了晚霞。

草地与亲水平台间隔着一潭弯弯的小池。池水似一面明镜，怡然自得地睡着了。有时他被温柔的春风唤醒，漾起阵阵涟漪；有时被可爱的蜻蜓亲吻，荡开圈圈波纹；有时被调皮的小蝌蚪惊扰，留下灵动的身影……

近处的亲水平台上，花开正艳。最先开放的是迎春花，一朵朵鹅黄色的花朵似一位位翩翩起舞的小仙女，在轻盈的枝条上随风起舞，又似五线谱上一个个跳跃的音符，奏响了春天的序曲。紧挨着迎春花的是艳丽的山茶花。满树红花，那么炫目，那么可爱，大大方方地绽放在枝头。

　　老人们带着孩子们，三三两两地在亲水平台上嬉戏玩耍，感受着春满家园的乐趣。

夏夜的味道

（三年级）

我的腿伤渐渐好了，恢复每天晚上的运动训练。

一走下楼去，我已闻不到春天的味道了。原来在我受伤的这段时间里，春天已经匆匆地走了，连个招呼也来不及打，取而代之的是弥漫着整个花园的夏天的味道。

我听见夏虫正在草丛里兴奋地欢唱着，不知疲倦，此起彼伏，仿佛正开着花园音乐会。不知什么时候栀子花挂满了枝头，好似一群婀娜多姿的少女，刚从花瓣浴中不情愿地起身，散发着浓浓的清香，灵动地走在通往梦乡的羊肠小道上。

最让我牵挂的是楼下的小草们。每次下楼，那片苍劲有力的小草就会挺立在我的面前，好像要挡住我的去路。他们是那么生机勃勃，那么引人注目，那绿色就像是画上去的一样纯粹。但是有一天，我却看见小草全部被人踩坏了！他们垂着头，有气无力地趴在泥土上，失去了往日的光泽。这些天我都在楼上惦记着他们。

一转弯，在一片苍翠的芭蕉叶下，他们又像变戏法一样全部长好了！还是那么郁郁葱葱，还是那么苍劲有力。在灯光下，那闪闪发亮的生命力带给我强烈的震撼，仿佛在对我说："我们是顽强的小草，决不放弃每一次生存的机会，所有的伤痛都会过去，加油！"

我喜欢夏夜的味道，一种让人感动的力量的味道。

美丽的三色风景线

（三年级）

崇文，是我学习的乐园，是我成长的摇篮，也是一座四季景色宜人的大花园。在这大花园里，我最喜欢的还是这三色滑梯。

春天，三色滑梯边的小草们探出头来，植物们从沉沉的睡梦中醒来，万物都恢复了勃勃生机。玉兰花、海棠花、迎春花尽享开放，争奇斗艳。夏天，知了在树枝上欢唱，滑梯晒得滚烫，被骄阳裹上了一层金黄色的外衣。冬天，白雪皑皑，三色滑梯披上了厚厚的棉被，同学们来到滑梯边，打起了雪仗。而最迷人的是三色滑梯的秋景。

当第一片黄叶飘落在三色滑梯上时，崇文的秋天来临了。看，滑梯边的银杏树变黄了，那一片片叶子像一个个小手掌，送走了夏天的炎热。枫叶变红了，那一片片枫叶像一枚枚秋天的邮票，寄来了秋天的凉爽。还有桂花树沉甸甸的枝头，挂满了金灿灿的桂花，同学们循着香气来到了三色滑梯边，有的捡起了树叶当书签，有的拾起桂花细细端详，有的在滑梯上尽情玩耍，一串串笑声在操场上回荡……

时光在变，四季在变，校园里的风景也在变，而不变的是三色滑梯那奔放的色彩，在我脑海里留下了一道美丽的三色风景线。

醉爱家乡

（二年级）

我去过许多美丽的国家，可是在我心中，最美丽的还是家乡杭州。

我的家乡杭州，绿树成阴，风景如画。当然，最受欢迎，同时又闻名于世的还是西湖。西湖的春夏秋冬各有特色。春天，湖边桃红柳绿，姹紫嫣红，湖中碧波荡漾，水鸟嬉戏，孩童们在桥上放着纸鸢。夏天，一片片荷叶连成巨大的舞台，一朵朵荷花仿佛一位位凌波仙子，在湖面上翩然起舞。秋天，落叶从天上飘落下来，飘荡在湖面上，仿佛一支马良的神笔，把碧绿的湖面染得一片金黄。冬天，寒风萧瑟，皑皑白雪覆盖湖面，重现着"断桥残雪"的一番美景。

这就是我那好似人间天堂般的家乡，让我深深地沉醉在她的美丽中。无论以后我身处世界的哪一个角落，我永远最爱我的家乡。

校园的雪

（二年级）

盼望着，盼望着，今年的第一场雪洒落人间。

一大早，我走进校园，校园里并没有像我想象中的那样白雪皑皑，银装素裹，而是像一幅淡淡的水墨画。

看，远处的教学楼，仿佛蒙上了一层薄薄的轻纱，有些神秘。操场边的小树上零零星星地点缀着一些雪花，有些孤单。三色滑梯上，湿漉漉、冷飕飕的，仿佛依稀可见昨晚小雪花在这儿玩耍嬉闹的样子。

操场上，雪花仙子们纷纷扬扬地从天而降，有的跳着轻柔的芭蕾舞曲；有的在扭中国大秧歌；有的和小雨滴捉着迷藏，玩闹着轻快落下。但她们一到操场上，就倏地一下子，都不见踪影了。

教室里，下课了，同学们立刻跑到窗前，仔细地端详着这洁白如玉的雪花，真想和雪花来个大拥抱呢！

期盼着，期盼着，期盼着明天大雪纷飞。

第五辑

我的秘密花园

我急急地寻你，你还是那份似曾相识的淡雅，静静地待在角落里。"好久不见，你还好吗？"我轻轻地问。你莞尔一笑，那细细的灰尘扬起，氤氲了时空。于是，你重新走进了我的生活。

——《好久不见》

我的梦想导师

（五年级）

　　文学是我听见林中小溪流淌过心灵的声音，文学是我看见璀璨星海跨越银河的浪漫，文学是诗人与我隔着千年的会心一笑……我有一个文学梦，梦想着有一天可以成为作家。知道我这个梦想的人，除了我的爸爸妈妈，还有我的语文老师张老师。

　　我的张老师，长得非常漂亮。长长的秀发如瀑布般披肩，炯炯有神的眼睛掩藏在厚厚的黑框眼镜后面，时而温柔似水，时而目光如炬。无论是在课堂上，还是在平时，她总是那么神采奕奕，说起话来，掷地有声，办起事来，干脆利落。最有特色的是她的身姿，无论何时何地，她都挺拔得如同一棵白桦树。她若是站在队伍里，你准能一眼看到她，她肯定是站得最挺的那一个，就像刚在军营里练过军姿。只要她站在我们身边，我们都会自然而然地把背挺得特别直，谁都不好意思在她面前松松垮垮的。她走起路来，虽然大步流星，速度极快，却好似脚踩祥云，身轻如燕，那份飘逸俊秀，真是风来婀娜，雨来婆娑。她走在校园里，就是一道美丽的风景。

　　张老师是我们学校征文比赛的金牌教练，她一直以"高标准，严要求"闻名校园，她从一年级开始就带领我们走入文学的殿堂，我们班的写作高手人才济济。别看我现在特别喜欢和她探讨文学，但我小时候可是被她"百般折磨"，对她又敬又怕。

有一年寒假，张老师鼓励我去参加一个省级征文比赛。我在游山玩水中把征文的事情忘得一干二净，临近假期结束时，才草草写了一篇交差。开了学，张老师严肃地对我说："这不是你的真实水平，你没有认真对待。"我只好灰溜溜地回家，奋笔疾书了好几天，终于写出了一篇自己非常满意的作品。我兴冲冲地拿给她看，她只是点了点头："题材可以的，但文章还要大改，这样写人物太单薄了，要增加素材。"我小声嘀咕着："我想不出来，写长太难了。"张老师听了，胸有成竹地说："你现在觉得写长难，可是过几天，你就会觉得改短更难！"我心里想："这怎么可能呢？！"

虽然觉得很难，但是张老师的军令如山。我只能静下心来，冥思苦想。突然有一天，我灵感乍现，文思泉涌，洋洋洒洒地写了一篇2500个字的"巨作"。正当我得意万分之时，张老师却又给我泼了一盆冷水："你要表达的东西太多了，文章太满，用力过猛，人家不知所云！""这不可能！"我自信地说。张老师马上叫来了我们班的写作高手们看我的稿件，果然从他们一脸茫然的表情中，我找到了答案。

哎，没想到这次又被张老师说中，删减自己的文章真是比写文章要难上一百倍。看看这段是自己的得意之作，看看那句是不可多得的神来之笔，心里百般煎熬着删减不掉。眼看着最后交稿的日子快要到了，我只能牙一咬心一横，痛下"杀手"。奇怪的是，就像螃蟹自断残臂后，能轻快地在沙滩上健步如飞一样，当我大刀阔斧地改好后，这篇文章突然就显得那么精致灵巧，如行云流水般一气呵成。那一刻，我突然明白了张老师的用意，终于学会了如何去取舍素材。

从初稿到定稿，我前后一共改了十五稿。望着最后的终稿，张老师终于露出了满意的笑容，说："可以了，交吧！"我刚想如释重负般地大声欢呼，没想到她马不停蹄地又给我布置了新的任务："你把如何将一篇普通的文章改成一篇佳作的过程写下来，做成PPT，明天在班里交流。"

看，这就是我的张老师。她从没让我有机会在原地踏步，她总是指着更高的山峰对我说："去爬吧！至于怎么爬，先自己想办法！"而我总是在"被逼无奈"的爬山过程中，渐渐明白她的用意，并看到了越来越壮阔的风景。她就是这样一位"严师"。

可是，她对我并不是每次都这么严厉，有时也会有例外。有一次，我背诵完后，妈妈忘了在我的本子上签名。我心里七上八下地把作业本交了上去，心想："完了完了，今天要被张老师批评了！"果然，N分钟后，我耳边传来了她的声音："陈欣尔，过来一下。"我硬着头皮走过去，正想解释为什么没有签字。没想到张老师并没有责怪我："你妈妈是不是太忙了，那你背给我听吧！"我流利地把课文背完，她赞许地点点头，把本子交还给我。只见家长签字那一栏，赫然用红笔写着"张妈"两个字。那一刻，一股暖流从本子上传来，就像妈妈的指间传来的温柔，那温柔一直包围着我。晚上回家，我故意装作一脸不高兴的样子问妈妈："你昨天是不是忘了给我签字？""哎呀！"妈妈这才想起，"不好意思，我忘了！""没关系！"我神秘兮兮地说，"我还有一个妈，她会给我签字的。"说完，我咯咯地笑起来，沉浸在一片幸福之中。

随着年纪的长大，我渐渐不怕张老师了，我愿意把好多好多的心事说给她听，甚至有些心事连我妈妈都不知道。我和她分享着我的心情日记，也分享着我的文学梦想。

有一天，她把一份浙江省文学新星的征稿启事放到我面前。"我？可以吗？"我望着她。"当然！"她的眼神给我最坚定的信心。我又仔细一看征稿事项。我的妈呀！七万字。这对我来说好像珠穆朗玛峰一样遥不可及。我的脑袋瞬间摇得像拨浪鼓一般。她却满怀信心地说："以你平时的积累，老师知道你一定可以的。你要相信自己！这是你实现梦想的好机会。"

在这个春天里，我错过了窗外姹紫嫣红的春光，我拒绝了无数高朋满座的邀请，我把自己关在书房小小的天地里，笔耕不辍地书写着我的梦想。每当我碰到瓶颈的时候，我就会去找张老师想办法；每当我焦虑不安的时候，她总会给我安慰，给我信心；每当我忙不过来的时候，她创造条件给我支持；每当我想要放弃的时候，都会想起她那信任和期待的眼神……

没有张老师，就没有这本文稿的诞生。我想对她说一声："谢谢您，我亲爱的老师，您让我离梦想又近了一步。"

我的"个性"同桌

（五年级）

从一年级到现在，我有过许多同桌。有的同桌活泼可爱，有的同桌天真烂漫，还有的同桌诙谐搞笑。在这些同桌里面，卢奕恺是最有个性的一个人。

他中等个子，板寸头发显得干净利落。瘦瘦的身材，配上灵活机敏的动作，如同孙猴子一般调皮。一双大大的眼睛，透露出犀利的目光，似乎随时都在寻找科学的奥秘，又仿佛可以洞察一切机密。他戴着一副黑框眼镜，如果再配上飞扬的刘海，以及后脑勺上像没睡醒一样翘起的头发，那就活脱脱是名侦探柯南了。

他有一个大大的头衔"浙江省文学之星"，这可不是随随便便就能拿到的奖项，既要有深厚的文学功底，又要有独特的立意思考，这也是我最佩服他的地方。但他可不是那种笔耕不辍型的作家，他能成为作家，靠的是灵感。有一次，他们小组轮到他写心情日记了，第二天他交了白卷上来。我打趣地问他："你这次写的是我们普通人看不到的天书吗？"他淡定地回答："我昨天没有灵感。"当然，等待他的结果是被张老师骂得很惨。他就是这么一个随性又有个性的少年作家。

他除了个性鲜明，兴趣爱好也很特别——他是一个"昆虫迷"。那些昆虫，那些多足怪物，无论是天上飞的，地上爬的，还是水里游的，历来都是我的天敌，却都是他的最爱。所以你可以想象得到，跟他做同桌的那些日子，我有多么悲惨。他的包里全是瓶瓶罐罐的昆虫，整天发出微弱的"嗡嗡嗡"的声音。老师听不到，可是我听得好清楚，心里忐忑着：今天这位仁兄不知带的又是什么奇特的"物种"！

有一次，教室里平静如水，大家都在做作业。突然一只大黄蜂不合时宜地闯入了，而且直奔我而来。我大声尖叫着，随手拿起羽毛球拍想打它。谁知小卢看到了却两眼放光，连忙挡住我的球拍："别打！别打！"我吓得哆嗦了一下："难道你还想捉住它？"他的目光盯住大黄蜂不放："多漂亮啊！"他那宠溺的眼神，简直就像贾母看到了贾宝玉，有种"捧在手里怕摔了，含在嘴里怕化了"的感觉。他赶紧把黄蜂捉进了他随身携带的昆虫盒里，一会儿捧在手心里仔细端详，一会儿细心地多扎几个通风孔，嘴里还念念叨叨地："你喜欢吃什么呢？回去我给你好好准备晚餐……"我却惴惴不安地度过了一个恐怖的下午。

他还是一个率真的、个性十足的评论家。他的评价从来都是言辞犀利，不留余地，也从来不怕得罪人。有一次，女生小A问他："我是不是班里长得最不好看的女生？"他抬起头来，认真地看了看她，然后无比真诚地点点头，语重心长地发出一个长音："嗯~"结果小A当场泪奔。

瞧，这就是我的同桌，因为个性十足，他一直都是大家的话题。对于这一切，他可是满不在乎，沉浸在自己的科学研究中。这不，他刚刚在我们学校的"海燕数学研究室学术发布会"上发表了《哺乳动物体型和环境关系研究》的论文。他是不是很厉害？

盼

（五年级）

爷爷的背影又像窗花一样"贴"在通往阳台的玻璃门上，许久没有动。午后的阳光欢快地透过玻璃门，照进屋子里来。屋里暖暖的光影下，奶奶正在包着甜蜜蜜的豆沙粽，已经烧好了的大肉粽蒸腾着满屋的香味，这是我家过年特有的味道。

奶奶抬起头，无奈地看着爷爷的背影，朝我眨了眨眼睛。我立即心领神会地打开阳台门。这已经不知道是我第几次去阳台叫爷爷了，前几次我都败下阵来，这次我得想个好招儿："爷爷，姑姑的航班是在后天，你别在阳台上看了。奶奶喊你一起来包粽子，是姑姑最爱吃的豆沙粽呦！"

爷爷九十高龄了，耳不聋眼不花，就是动作有些迟缓，像极了《疯狂动物城》里的"闪电"。他慢悠悠地侧过身来："哈哈，我知道是后天下午2点到。你姑姑在微信群里说啦！"爷爷得意地晃晃手机，脚下却纹丝不动，继续坚如磐石般杵在阳台上，朝着小区入口的方向看着。

姑姑一家在美国定居十五年了。爷爷奶奶似乎早已适应了这种长久的分离。除了定期打打电话、通通视频，爷爷并没有一天到晚把姑姑挂在嘴边。只有每年过年的这段时间，他会有些激动。因为这些年来，不管工作有多忙，姑姑总是会回来过年，待上一个星期左右，又匆匆离去。

　　我也盼着姑姑回来，她会给我带好多礼物。我早就画好了欢迎海报，贴在客厅的小黑板上；我做了欢迎贺卡，放在给姑姑铺好的床头；我还给美国的东东哥哥和西西哥哥准备了一本故宫台历。中国的语言文字实在太美了，可是他们只会说汉语，不会写汉字。我盼望他们能通过这本台历更喜欢中国文化。

　　这就是我家的春节，年年如此。我们经历着团聚，也经历着分离。可是，对于分离，我们并不悲伤，因为这一次分离，就是下一次期盼的开始。在爷爷眼里，再远的游子也会回家过年，所以他坚持在阳台上，望着姑姑归来的方向；一如几十年前的春节，爷爷的妈妈在村口挂着拐杖，望着村里那条通往外面世界的泥泞小路的方向，盼着他回家过年……

较量

——读《老人与海》有感

（五年级）

这一刻，我的世界一片寂静。太阳，正浓艳地照射在头顶；风，从耳边呼啸而过；欢呼加油声，在跑道边此起彼伏。然而，这一切仿佛与我并没有太大关系，我正飞奔在跑道上。此刻，我的世界里，只有我自己和那个困扰我多年的时间——"9秒"。

我和9秒之间的较量，已经持续好久了。我的50米跑步，始终无法跑进9秒，它像横亘在我面前的一座高峰，无论我怎么努力，却总是被它无情地打败。强烈的挫折感，和被同学们远远抛在身后的孤独感，让我想起了《老人与海》中的桑迪亚哥。于是，那个画面跳入了我的脑海。

月光下，波涛汹涌的海面上，一艘残破的小船在夜色中孤独前行，更准确地说是被一条大马林鱼拖着前行。桑迪亚哥的眼睛下面被撕裂了一个大口子，鲜血在脸颊上肆意流淌。他手心的肉不知什么时候被钓索勒破，他只能偶尔在海水中浸泡处理一下，双手还是死死地抓着钓索。

这场较量已经持续整整两天两夜了。月色清冷地洒在头顶上，海浪在周边嘶吼着，海风席卷着水珠不断地刺激着他的伤口。但这一切似乎与他并没有太大关系。他的世界一片寂静，只有他自己和那条大马林鱼。他既不能把绳拉得太紧，也不能拉得太松，那样都会让鱼跑掉。他能做的，除了提起十二万分的精神外，就只剩下"坚持"二字。

在那样恶劣的自然环境里，在那样痛楚的身体条件下，在那样孤独危险的境遇中，"放弃"是一个多么自然而然的选择。但是，他没有，他连放弃的念头都没有闪现过。因为这既是一场他和鱼之间的较量，也是一场人与自然之间的较量，更是一场他与84天没有钓到鱼的厄运之间的较量。但说到底，这是一场他与自己之间的较量。

领悟，往往就在一瞬间。那一瞬间，我眼前的高峰突然不见了。结果其实并没有那么重要，桑迪亚哥最终带回的仅仅是被鲨鱼吃剩的大鱼骨架，但是他战胜了自己，他的坚持得到了全村人的尊敬。此刻，我不再去想什么"9秒"。我抛开了所有失败的阴影，卸下包袱，铆足力气，咬紧牙关，全力向终点冲刺。

8秒7，这不是什么了不起的成绩，但是对我来说，我仿佛穿过了重重夜色，伴着黎明，踏上了曙光中的海岸。我刚刚结束了一场较量，一场自己与自己之间的较量。

那一束阳光

——读《浙江好家风》有感

（五年级）

秋日的阳光，透过风中飞舞的树叶，投射在家里客厅的墙上。斑驳的树影中间是爷爷亲笔写的家训，光影中那泛黄的纸张上端正的字迹，朴实却又闪亮。这不禁让我想起最近读到的一本书——《浙江好家风》。

从广义的家训，到中国人的家训，再到咱们浙江人的家训，我在字里行间收获到无数文明传承过程中的思想火花。在不少千年传颂的家训中，爱国往往是第一条，有国才有家，国兴家才安；有些家训崇尚修文读书，告诉后世读书能叫人立身处世，学习能让人修炼自我；有些家训重德修身，告诉后辈择善而从，约之以礼；有些家训强调治家之道，谨肃为要，虽寥寥数语，也发人深省；有些家训要求后辈要知恩图报，反哺社会，造福他人……

而我家的家训只有八个字"慎独、勤勉、立信、力行"。爷爷经常教导我，"慎独"就是一个人独处时，更要小心谨慎，自律自尊，自重自护；"勤勉"就是业精于勤，天道酬勤，处世勤奋，必有所成；"立信"就是诚信为本，道德为先，言必信，信则立；"力行"就是知行合一，求新求进，努力实践，尽我所能。

　　我时常抬头望着墙上的家训发呆，这些字有些陌生，我还不能完全理解，但它们又很熟悉，因为从家里长辈们的身上我总能找到些它们的影子。墙上的家训就是一束暖暖的阳光，照亮我人生之路。

我的"老师"

（五年级）

如春草铺满山原，似荷花布满湖面，我有一位老师，她是我心中能驱散黑暗的一缕缕阳光，能滋润心田的一丝丝清泉，能点亮生活的一幅幅流光溢彩的画卷……这位老师，就是书籍。

她，是我长途旅行时的伙伴。我走过优雅浪漫的欧洲，徜徉于一座座金碧辉煌的宫殿与神圣庄严的教堂之间，她让我看懂宗教艺术背后那信仰的力量；我走过有着独特风情的夏威夷，穿梭于寸草不生的火山与波涛汹涌的大海之间，她告诉我荒芜落寞的火山岩石下涌动着的地球的脉络；我追寻着玄奘的足迹，经过几千公里的跋涉，终于到达了"随手捧起一把沙，就是一段历史；随手捧起翻开一卷书，就是一段往事"的敦煌，一路上她为我吟诵一首首或是苍凉或是豪迈的边塞诗，为我讲述一段段或是神秘或是悲壮的西域历史。

她，帮我乘坐时光列车回到古代，与古人一起博古论今。当我看到漫漫戈壁、茫茫沙漠时，我仿佛回到了千年之前，诗人王维正漫步于黄沙之上，一轮红日西斜，大漠深处孤寂的帐篷上升起袅袅炊烟……面对此情此景，他慢慢吟诵出千古绝句："大漠孤烟直，长河落日圆"。我追随着他的脚步，那落日余晖下的沙漠，如此醉人，如此美丽……

　　她，还是我成长路上的良师益友。当我沾沾自喜、得意忘形的时候，她在古书里告诉我："得志时莫得意，失意时莫失志。"当我受到挫折、情绪低落的时候，她在《凭海临风》中对我说："人生最大的财富不是青春与美貌，也不是充沛的精力，而是有遭遇挫折的机会。"当我迷茫无助、不知所措时，她在《故乡》中指点我："世上本无路，走的人多了，也就变成了路……"

　　我深深地感谢这位老师，在这第33个教师节来临之际，我想对她说："老师，节日快乐！"

好久不见

——读《给孩子的诗》有感

（四年级）

初次见你，是在两年前的新华书店里，你素净的外表淹没在斑斓的书的海洋中。对妈妈来说，那是一次惊喜的邂逅，因为她当时正苦恼于找不到合适的诗集给我看。对当时的我而言，那只是一次擦肩而过的缘分。你没有动人的情节，没有华丽的辞藻，甚至连半幅像样的插图都没有。"这是写给孩子看的吗？"我疑惑地把你放在了家里书房的角落里。这一放，便是两年。

暑假里的再次重逢，是因为你出现在了"书香杭州"的书单上。我急急地寻你，你还是那份似曾相识的淡雅，静静地待在角落里。"好久不见，你还好吗？"我轻轻地问。你莞尔一笑，那细细的灰尘扬起，氤氲了时空。于是，你重新走进了我的生活。

你，是细沙和野花。在《天真的预示》里，你教会我从一粒沙中看世界，在一朵花里找天堂。当我头枕着蓝天白云，躺在敦煌鸣沙山的黄沙之上时，你的身影，在我脑海中浮现。我捧起一把沙，仿佛看见千年之前丝路上的繁华与兴旺，仿佛听见战马嘶鸣中那段神秘悲壮的西域神话，现如今都已淹没在漫漫黄沙之中。

　　你，亦是《雾》里的那片轻盈。你蹑着猫的细步，向我走来。在我的家乡，冬季的清晨，浓雾时常如影随形，一路陪伴着我去学校。我极喜欢雾，也喜欢写雾。我无数次地用长长的篇幅，精美的语言去捕捉那种感受。可是，这都不及你寥寥数语，为我蒸腾出的意境与想象的空间。你，教会我如何轻盈地表达。

　　你，还是《山和海》中的那次对话。我念过那么多古诗，却从没想到过可以用现代诗与古人的对话。穿越了时空，李白正在月光下饮着酒，半梦半醒地问："你读懂我写的诗了吗？"于是，我也像你一样，写了两首给他。他哈哈一笑，只留下一个清冷的背影。

　　所以我想，我已经喜欢上了你，在这个仲夏夜的梦里……

那一片绿

（四年级）

以前，花花草草来到我家，都难逃厄运。不是因为我妈热情泛滥、浇水过多而胀死，就是因为我妈忘我工作、彻底遗忘而渴死。只有阳台上的这颗番薯，用它郁郁葱葱的绿色和旺盛的生命力，改写了我家的养花史。

它初来乍到时，我是没有信心的。它真是丑极了，奇怪的不规则的身躯外，穿着一身暗红色的外衣，上面布满了黑色的褶皱，外加蒙着一层厚厚的黄土，这土头土脑的样子真是让我失望。我把它放进玻璃瓶里，灌满水后就放在了阳台上。

一天、两天、三天过去了，我的番薯"一言不发"。看着它斑驳的身体，仿佛一位年事已高的长者，整天在打盹；暗红色的皮肤倒是粉嫩了一些，又好像是一位初生的婴儿，需要超多的睡眠。反正，就是无法把它同沉睡在千年古堡里的"睡美人"联系起来。我生气地对它说："你再不发芽，我可要把你烤着吃掉了。"

番薯似乎听懂了我的话。突然有一天，它长出了根，白白的、细细的，仔细数数有十几根。根的生长速度很快，两三天的样子就能长一厘米。根的吸水量也很大，玻璃瓶子里的水，开始两三天加一次，后来几乎天天需要加水。看到了根就看到了希望！

　　果然，过了一个星期，番薯的脑袋上抽出了一个小小的嫩芽，茎细细的，上端是浅紫色的，下端是深紫色的，上面有一些细软的小毛，叶子还没有张开，只是一个不起眼的小紫球。我小心翼翼地把它挪到室内，生怕被风吹歪。

　　又过了几天，小紫球慢慢长大，叶子舒展了开来。紫色慢慢褪去，换上了一层黄绿色的衣服。那衣服一天变一个颜色，马上就变得苍翠欲滴了。此时的茎也配合着变成了绿色，长度有2厘米了，变得粗壮起来，上面的小刺变得有些扎手了，仿佛很想展示自己的威风，又像是在告诉我："我已经长大了，不要再随便碰我了！"

　　这么不平易近人，我又把它挪到了阳台上。国庆期间，我出了远门，有好些天没有照顾它。等我回到家了，天哪！它已经蓬蓬勃勃地长成一座"原始森林"啦！长长的根须飘散在水中，仿佛是南极仙翁的胡子，长度有十几个厘米。长长短短的茎生机勃勃，仔细数数，已经有十多根了，上面兴旺地生长着绿绿的叶子，最大的一片叶子有6厘米的宽度。远远望去，绿油油的一片。

　　这一片绿，在我的眼里胜过了所有的奇花异草。因为它不娇气，不挑剔，给点水分就拼命生长。它用那顽强的生命力，给我信心，让我从此爱上了养花。那一片绿，在我家的阳台上满满蔓延开来，灿烂成一片。

放手，真好

（四年级）

"嗡，嗡，嗡……"声音从身后传来。我转头一看，空空如也。我再回过头来做作业，吓了一大跳：一只大蝴蝶停在作文纸上！这只大蝴蝶身长大约有5厘米长！我眼疾手快"啪"地盖住蝴蝶，哈哈，任凭它再怎么动，也飞不出我的手掌心了。我透过指缝仔细一看，这只蝴蝶长着两条棕黑色的触角，橘黑相间的翅膀在土黄的外翅下初露锋芒，金黄色的身子显得十分健壮，两只眼睛机警地盯着周围的东西，十分惹人喜爱。

我一刻不停地把家里大大小小的罐子好好挑了个遍，最终目光定格在一个大罐子上。我用蓝色彩纸装扮成它熟悉的天空，用绿纸装扮成草地，放上几片新鲜的叶子，然后把蝴蝶轻轻放了进去，说它躺在草地上一点也不过分。妈妈问："你喜欢它吗？"我脱口而出："当然了，我还会不喜欢吗？"妈妈又不动声色地问："它喜欢这儿吗？"我的目光从它身上移开："当然了！它在这里有吃有喝，我给它吃最嫩的叶子，给它住最漂亮的房子，难道它会不喜欢这无忧无虑，不用挨饿受冻的日子？"

蝴蝶就这样在我家住了下来，一晃好几天过去了。我一有空就去看蝴蝶，只见它好像变了样子。它的活动得越来越少了，本来喜欢胡乱爬动的一双小腿也就像被冰冻住似的，一动不动；金黄金黄的身体失去了光泽，变得黯淡无光；本来总是转来转去的小眼睛也停滞不动了，我以为它在出神地发呆，把瓶子震一震，它就勉强动那么几下后又不动了，仿佛"蝶生"从此没有了乐趣。我开始犹豫当初"它会很高兴"的判断是否正确，是我剥夺了它的自由！

　　两天后，我下了决心，要让它回自己的家，做自己喜欢的事。我恋恋不舍地把它捧到楼下，它待在罐子里并没有动静。我把它"接"到草地上，它还一动不动，似乎在怀疑自己能重获自由。几分钟后，它扇动着外翅，一下子飞向了蔚蓝的天空。在那一瞬间，虽然是那么的不舍得，但奇怪的是我并没有不开心，相反为它重获新生而感到了快乐！

　　我茅塞顿开，占有不是真正的爱，放手给它自由才是真正的爱。

　　放手，真好！

魔法之手

（三年级）

在我眼里，林老师的手仿佛有魔法，不管在何时何地，他总能让美妙的音乐，如涓涓细流般流淌到每个人的心里。林老师的手，是那么魔幻，那么神奇，那么让人艳羡不已。

他的手，表面上看也没有什么特别的，就是比我的大了一圈。可是，他一旦坐到琴椅上，演奏家的感觉立马上身，周围一切都安静了下来，琴房里仿佛出现了一个舞台，而林老师就在舞台的正中央，舞台上明亮的灯光倾泻下来，正投射在他的身上，他整个人都是闪闪发亮的。他的魔法之手一旦触及了琴键，整个世界都仿佛被凝固起来，只有他的手在琴键上潇洒地舞动着，动人的音乐在我的身边萦绕回响。

林老师的手，还是一双有着永久记忆的手。他上课从来不需要琴谱，我所有弹过的曲子，他全部记得，还弹得滚瓜烂熟。我随便提到哪一首感兴趣的曲子，他马上就能演奏出来。有时候，他给我讲课到高兴之时，会一首接一首地弹着无数精彩的曲子，仿佛他的手已经完全进入了忘我的状态，根本无法停止下来。难道他的眼睛就像一台照相机，对准琴谱咔嚓一下，琴谱就永远储存在他的心里了？

林老师的手，还有一种魔法，就是会给人以强烈的画面感。

从他手里流出的音乐，有时像早晨树林里一只可爱的小鹿，迫不及待地蹦跳出来，仿佛想去看看外面的世界；有时像一位伤心的老人，缓缓地从琴键中走出，发出一声叹息；有时像一场疯狂的龙卷风，把听众卷进这场音乐的盛宴。结束了，琴声还是余音绕梁……

有一次，我铆足了劲想和他比试一下，偷偷在家里疯狂地练习了一个星期，信心十足地去演奏给他听。一曲终了，没有任何失误，我自以为已经是一段非常完美的演奏了。我有些小得意地从琴凳上下来，林老师看出了我的心思，他并没有马上点评我的演奏，而是开始了他的弹奏。从他的琴声响起的那一刻，我就明白了，我刚才演奏的只是一首好听的曲子，而从林老师的手里演奏出来的却是能触及人心的曲子，那才是真正有魅力的音乐。

林老师就是用这双魔法之手，为我开启了音乐之门。什么时候我才可以像他一样，拥有一双魔法之手呢？

蜗牛与盐的故事

（三年级）

"起床了，起床了，太阳晒屁股啦！"我轻轻地喊着我的小蜗牛——悠悠、怕怕和乐乐。可他们依旧在睡大觉。今天是我要给蜗牛做实验的日子，我只好动用"武力"啦！

我把他们一只一只地放入"蜗牛专用洗澡盆"中，短短几秒钟，他们就都苏醒了过来，恢复了往日的活泼。我给他们洗了个澡，让他们能漂漂亮亮地上镜。

这次我要做的实验室是"盐对蜗牛的影响"。我先在悠悠身上撒了点清水，悠悠很喜欢清水，仿佛在享受清晨的沐浴。我在怕怕身上撒了一点淡盐水，但怕怕好像很不舒服，触角马上收回，整个脑袋蜷缩成一团，看起来一副异常痛苦的样子，想要逃离淡盐水。原来不会说话的蜗牛是这样来表达痛苦的。我要开始第三个实验室了，就是要直接把盐撒在乐乐身上。可是看到怕怕那个痛苦的样子，我就犹豫了。我已经很明确地知道蜗牛不喜欢盐了，如果还把盐撒到乐乐身上，真怕乐乐会因为脱水而死亡。我不忍心看到我的小蜗牛死去，所以终止了实验。

但这并没有妨碍我的科学研究。从化学的角度来看，蜗牛由糖、无机盐、蛋白质以及核酸组成，遇盐就会分解。蜗牛正常的含水量为80%左右，当自身水分减少到体重的30%时，蜗牛就会死亡。蜗牛遇盐后，盐产生巨大的透析作用，使蜗牛体内的水分从盐分低的体内渗透到盐分高的体外，最终导致蜗牛脱水而死亡，所以蜗牛是不喜欢盐的。

　　虽然终止了实验，但我还是成功地研究了盐对蜗牛的影响，最重要的是，我的三只蜗牛朋友还能健健康康地和我生活在一起！

警卫员

（三年级）

我有一个警卫员，别看他头发花白，年过七旬，但是他身板硬朗，精神矍铄，说起话来声如洪钟，走起路来大步流星，做起事来风风火火，是个称职的警卫员。他，就是我的外公。

我的外公年轻时是个警察。他兢兢业业，恪尽职守，保卫着人民的生命财产安全。退休后，他继续发光发热，做了我的警卫员，天天接我放学。

有一次，我和外公正走在回家的路上。突然一辆横冲直撞的电瓶车从拐角处穿了出来，眼看着就要向我撞过来了。我一下子被吓懵了，停在原地不知所措。这时候，外公正在离我几米远的地方。说时迟那时快，只见他一个箭步飞奔过来，一下子把我拎了起来，放到了安全的地方。等我回过神来，外公已经在狠狠地批评那个骑电瓶车的冒失鬼了。

这就是我的外公，对我来说，有外公的地方就有安全。

我的保护神

（三年级）

小时候，在我眼中，我的妈妈就像一个会七十二变的孙悟空。当我生病的时候，她会变成一位护士，镇定自若地照顾我；当我练琴的时候，她会变成一个严格的音乐老师，我的任何一个错音都逃不过她的耳朵；当我在路上碰到那些龇牙咧嘴的恶犬时，她会一个箭步冲上前挡在我身前。她像一个保护神，时时刻刻保护着我。

五一小长假里，我和妈妈在丽江攀登玉龙雪山。行至海拔4500多米的山上，寒风凛冽，空气稀薄，很多人产生了严重的高原反应。坐缆车下山的队伍排起了蜿蜒的长龙，前不见首，后不见尾，人流拥挤不堪。我们被夹在队伍当中缓慢地挪动着脚步，又冷又困，呼吸急促。随身的氧气只剩了一瓶，又无法挤出队伍去购买。妈妈毫不犹豫地把氧气给了我："快吸氧气，谨防高原反应。"我吸了一会儿氧气，却见妈妈紧锁着眉头，闭着眼睛，好像很难受的样子，就忙把氧气瓶递给妈妈。妈妈马上推开了氧气，一副精神抖擞的样子，笑着对我说："我没事儿，不用吸氧。"最后一瓶氧气，也很快被我吸得一干二净。

到了山脚下，妈妈一走出缆车，就在休息室里坐了好久都挪不动步子。我这才知道她刚才在山上产生了严重的高原反应，头痛得快要裂了开来。我走过去着急地抱住妈妈，妈妈拍拍我的肩膀说："我没问题的，宝贝，我们走。"

随着年龄的增长，我渐渐知道了我的保护神也有脆弱的一面。当我发烧的时候，她其实焦虑不安，但在我面前她却从容镇定地给我信心；但我弹琴的时候，她为了能看懂我的琴谱，暗暗下了许多苦功；她从小最怕狗，但当我碰到野狗时，她会毫不犹豫地挡在我面前。

这就是我的保护神——妈妈，她不是天生那么强大，这一切，只是因为她是一位母亲。

我的秘密花园

——《头脑特工队》观后感

（五年级）

　　春天来临的时候，花开满园，赏花的人们发出阵阵赞叹：这个花园实在太美了！我抿着嘴，偷偷笑着不说话，因为所有人都不知道，我有一个秘密花园，全世界最美的花园。

　　秘密花园里种满了各类鲜花，千姿百态，但它们只有一种颜色——粉色，这是我最爱的颜色。深深浅浅的粉色花，层层叠叠地弥漫在花园里。一旦有其他颜色的花出现，我会毫不犹豫地把它们挪走。

　　可是好景不长，最近秘密花园里悄悄地起了变化。那天，我突然问妈妈："圣诞老人是不是你假扮的？"妈妈愣住了，她深不可测的眼中充满了紧张，几秒钟后，她笑着点了点头。泪水一下子冲垮了我的眼睛，陪伴了我那么多年的圣诞老人幻化成了一个美丽的肥皂泡，慢慢地升腾到天空中，破碎成漫天的悲伤。于是那晚，第一朵格格不入的黑色花，悄无声息地出现在了花园里，我使尽全身力气也没能把它挪走。

　　有了第一朵，就马上有了第二朵、第三朵……那朵灰色的花，是因为妈妈给我报的课外班，挤占了我画画写生的时间。我的愤怒变成了一朵蒙着尘土的灰色花，气鼓鼓地在风中凌乱。还有那朵蓝色花，是因为班里选举的时候，我最好的朋友把票投给了别人。我并没有牛她的气，也许是我做得不够好，可是那朵蓝色的忧郁的花还是清冷地伫立在了花园的墙角边。

秘密花园里，其他颜色的花越来越多。我感到无比焦虑，我的花园不再美丽了。可我越是焦虑，讨厌的焦糖色的花就肆意生长开来。我的心情一天比一天糟糕……

直到有一天，她出现了。她是《头脑特工队》里面的莱莉，在跟随父母搬到旧金山以后，遭遇了各种混乱：令人大失所望的新家、黑暗的美食料理、孤独的学校生活……她原来的那个甜蜜的小世界瞬间坍塌了。在经历了一系列心理挣扎后，她最终在五个好朋友的共同帮助下，重新振作了起来。

看到影片结尾，我在感动中渐渐明白：我不能一厢情愿地只跟快乐做朋友，愤怒、恐惧、厌恶和悲伤都会伴随我成长，他们也能成为我的朋友。有了愤怒，我才能感受到情绪发泄过后的轻松与释怀；有时忧伤，反而让我冷静下来好好反思；如果没有恐惧，我怎能体会到征服他后的快乐与成就感；而厌恶，更让我感叹理解和宽容是多么难能可贵！我不应该去排斥他们、逃避他们，只有学会如何接纳他们、爱他们、与他们和平共处，我才能获得真正的快乐！

那天，我又走进了我的秘密花园，粉色系的花依然娇俏美丽，是我的最爱。与往常不同的是，这次我拿起水壶，照顾起了其他颜色的花朵。蓝色花喝饱水后在阳光下纯净又迷人；灰色花擦干净尘土后，也显得那么淡雅沉稳；就连我以前最不喜欢的黑色花，也正高贵神秘地在枝头向我颔首微

笑；焦糖色的花倒是越来越少了，我竟然有些舍不得了……

好吧，我不得不承认，我的秘密花园比以前更美了。

（本文获得2017年上城区中小学生心理影片赏析征文活动二等奖）